U0484517

介不介意聊聊天

郭诚 著

中国科学技术出版社
·北京·

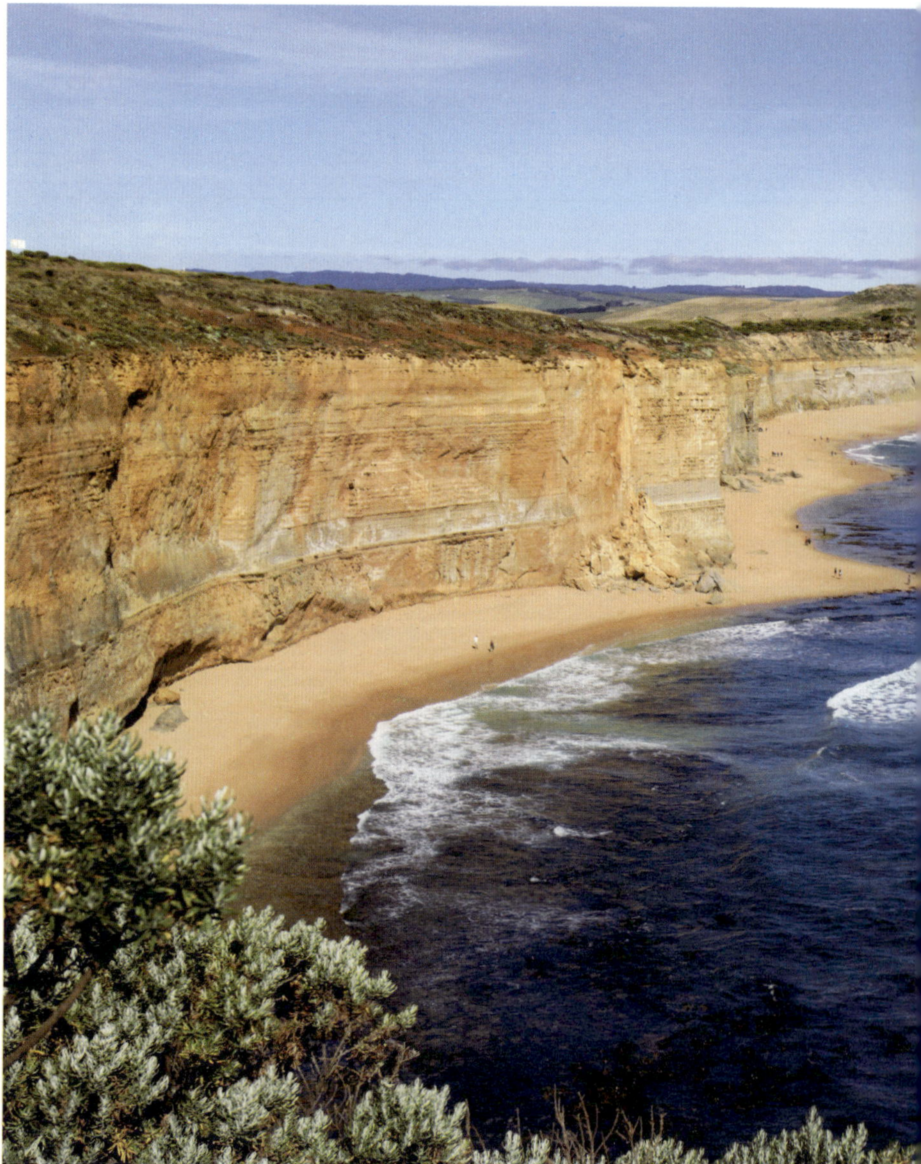

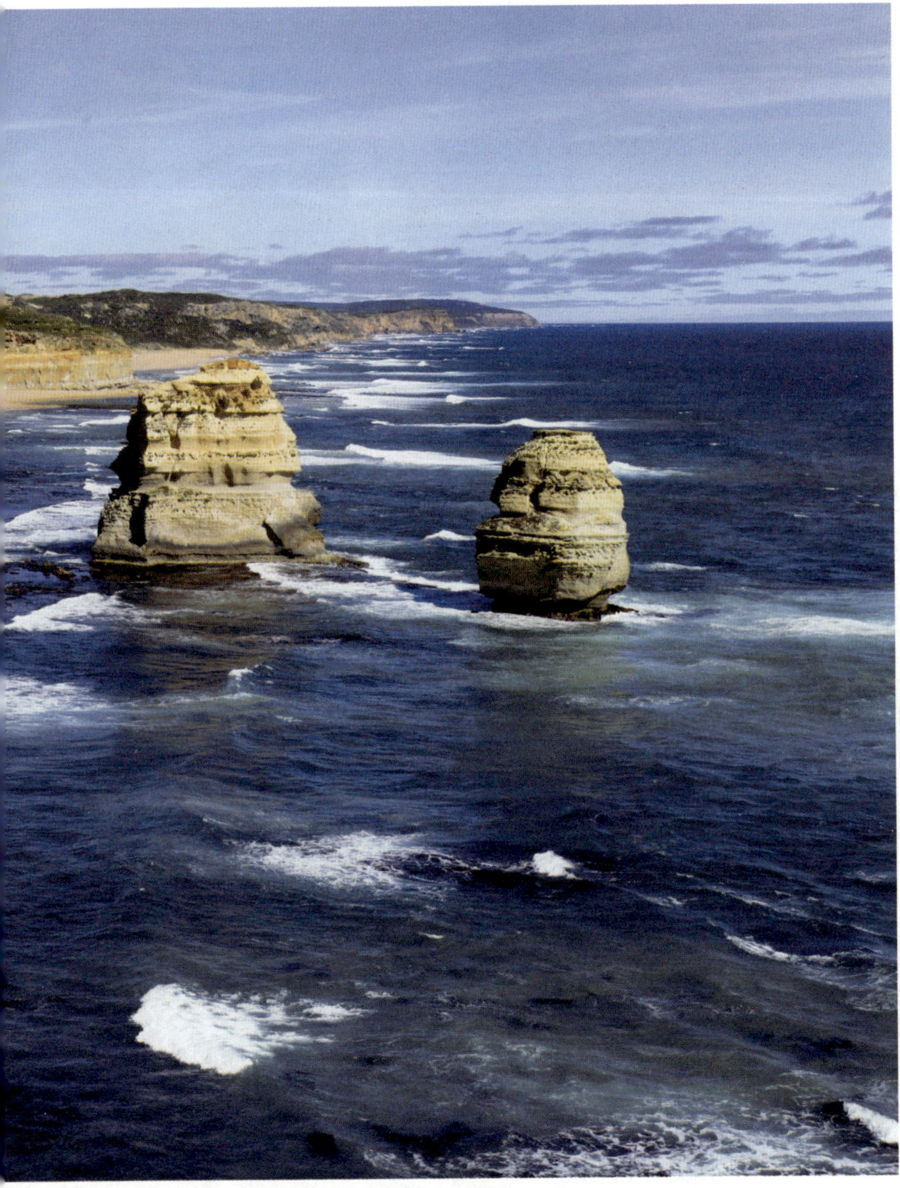

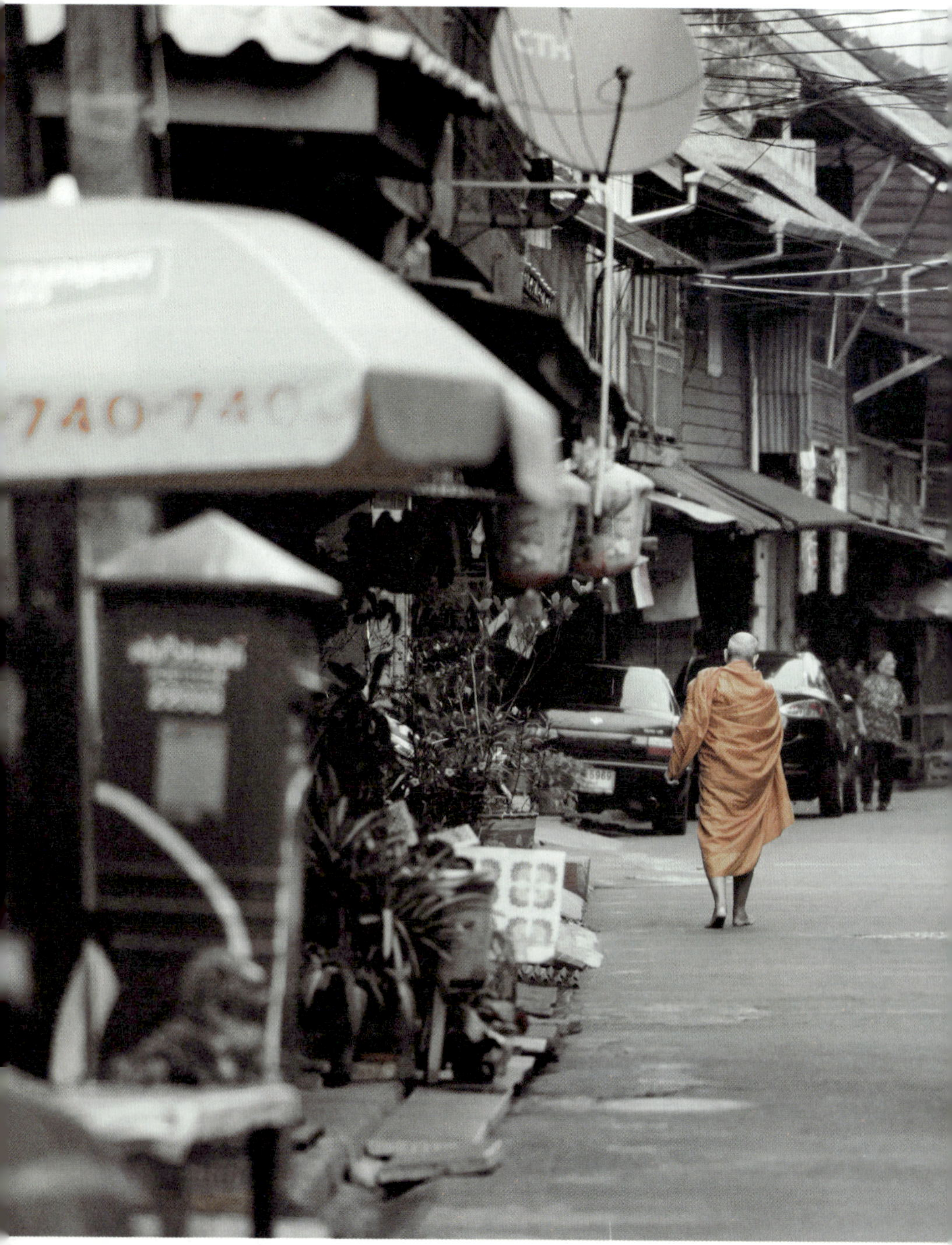
CTH

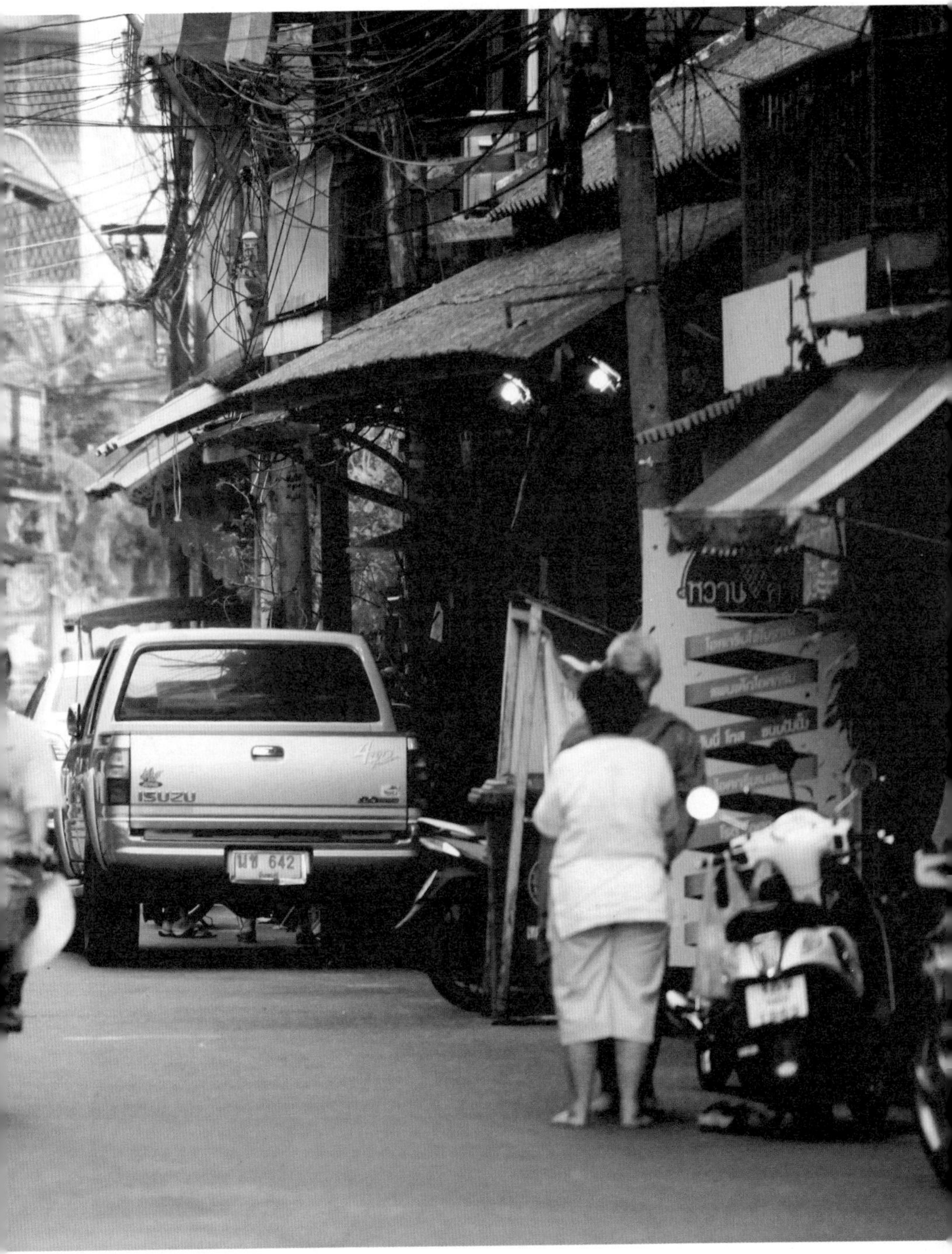
ISUZU

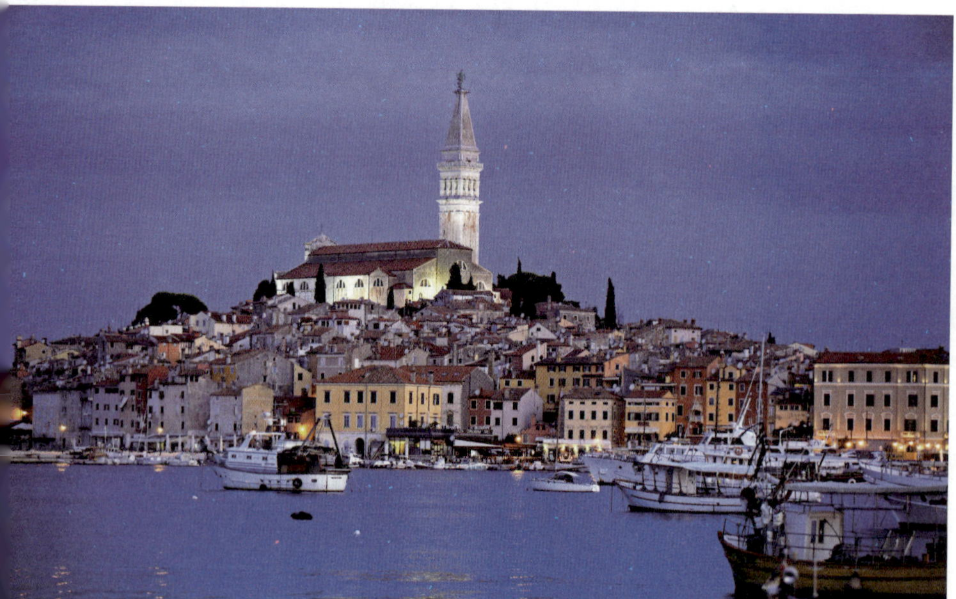

序
终将抵达

2016年圣诞节,我和橙子共进晚餐。挑这个日子,并不是"浪漫"约会,仅是因为那天我刚好在北京,他也正好有空,择日就不如撞日了。

平常我和橙子的生活几乎就是两条平行线。我知道他做了一个叫做"80公升"的公益项目,而我在环游世界之后忙着打造自己的青年公园。除了在一些媒体活动中偶尔碰一下酒杯,其实并无太多交集。

吃饭时我问他最近在忙什么?他说得轻描淡写——读书,写诗,旅行,健身。这回答让我从心底泛起一丝疑惑。这种日子放在大理丽江终南山完全成立,可是在北京,那个对时代变化最敏感的地方,那个连烧烤摊都能谈出几个亿生意的地方,那个融浮躁虚荣昂贵精致于一体的地方,他怎么能做到独善其身,并且过上了一种半隐士的生活？反正我是做不到。我不禁想起自己以前在北京的生活，虽然住在郊区，可几乎每晚都要到城里参加朋友们的聚会，我是无法独善其身的。

2017年春节期间，橙子把这本书的样稿发给我，我也就幸运地比大多数读者先睹为快了。读完全书，我终于明白了橙子选择"诗与远方"的底气来自哪里。

首先这并不是一本普通游记，因为它跳出了传统游记的写作套路。我自己也是一个游记作者，明白几乎所有游记的写作手法，从最简单的流水账到单一国家单一线路的深度体验，再到写旅行这件事对人生的改变。无论在哪种游记中，目的地都是第一要素。而在这本《介不介意聊聊天》中，目的地变得可有可无，即使把马德里换成夏威夷，除了事实偏差之外，我看不出对故事走向有任何影响，于是我试着揣摩橙子的创作思路。他也会写旅途中遇到的一个人、一家店或者一个故事，但这些仅是引出关联性论点的由头，这些论点才是他最想深度挖掘的，比如他写：

每个人的心中应该有一条红线，让它作为我们行为的界限和道德底线，做人做事，不要越界。——《心中画一条线》

"物"的存在，需要找到合适的"人"，才能发挥它的最大价值，否则在他人看来，就是无用。——《谈"有个屁用"》

缺少，才格外害怕失去，孤独，才不舍孑然一身。——《孤独行路》

当持有论点之后，用来证明的论据则来自三个方面——他过往的人生经历，他走过的路，他读过的书。他从三个营养池中找到对论点最有利的支撑，再把这些论据信手拈来地穿插进每一篇文章。

而所有这些论点，又统统成为新的论据，支撑起来的就是他现在的生活和对人生的取舍，所以这本书并不是写给你我看的，而是写给他自己的。他想活成书中那些真实人物，那个一辈子只做一件事的皮匠保罗，那个用烤馕回馈好心肠的维吾尔小孩，甚至那个仍旧相信手可摘星辰的自己。正是这些人物的真实存在及彼此映照，让橙子成为一个在时代大潮前逆向而行的旅行者。并最终任尔东西南北风，吾自岿然不动。

其实生活本身就是一个圆，无论朝哪儿走，只要确认了方向，坚定并且乐观，他都终将抵达。

背包客 小鹏
2017 年 2 月 17 日
云南，香格里拉

人生何必趁早

122 什么是精，什么是傻
129 凌晨4点起床以后
135 请尊重你的每一次『开始』
141 威尼斯书店

有鬼撞进阳光

150 寻找着与找到着
157 活见鬼

心中画一条线

170 穴居人的口头禅
175 三叹
181 心中画一条线

愿我陪你过冬

190 不经意的陪伴
193 喂，你怎么这么难过
198 大哥很好骗，但它依旧很爱我
210 愿我陪你过冬

目录

如沐四月春风
002 手可摘星辰
009 赤脚僧人
015 来自火山的明信片
024 无言的沟通
028 情侣

埋下一粒种子
036 出类拔萃与平凡无奇
045 到底谁相面准
055 敢问路在何方
063 黑色名片

始终孤傲独行
076 跟生活叫什么劲
083 孤独行路
090 你有信封吗
098 日本人的『逗号精神』
103 如果我是一条蝴蝶鱼
108 谈『有个屁用』

温暖

日出用
比心稍热的温度
抚遍我的全身

多想捧一把阳光
倒进你
梦做的瓶子里

如沐四月春风

手可摘星辰

大概在我知道天上有数不尽的星星之后,我便会背诵李白的《夜宿山寺》这首诗了。

那时候,我不知百尺有多高,不知天上有谁人。我依稀记得,在一个夏日的夜晚,我与母亲坐在楼下数星星,我举着小手精神病般在天上比划着,想把星星拽下来吃掉,我脱口而出:

危楼高百尺,手可摘星辰。
不敢高声语,恐惊天上人。

母亲的手臂在月光下婉润如玉,泛着好看的光,她喜出望外地拽着我说:"我儿子是个小诗人了!"我闻到一股馥郁的蜂花护发素的味道。母亲高兴,又让我背了几遍,像完颜麻达葛给金世宗背诵女真歌谣。我背得不耐烦了,说:"骗人,'星辰'根本摘不下来。"母亲给我买了一小桶糖豆，倒出来，说这就是她替我摘下的星。我甜在嘴里，觉得这首诗写得甚好，明天还要接着背。

我从《北斗神拳》里知道了北斗七星，并且听说"北斗出现的地方必有乱象"，我那时虽小，却也知道动漫是假的。母亲说北斗星确实存在，于是找了个晴朗的夜晚，带我去看。我数着星星，惊奇地发现，确实跟健次郎胸前的七颗星一样，那这星必然是非比寻常的了，我想。我看得出神，后来发现，这些星，每隔一段时间，出现的位置都不同，倘若几天不看，再看的时候，就要寻半天。母亲告诉我："将来要是走丢了，找到北斗七星，就可以找到家。"

接下来大概是10岁的事情了，百武彗星从地球上空经过，消息传得沸沸扬扬，母亲带我去看，说咱们在郊区，肯定会比城里看得更清楚一些。我拿了望远镜在夜空中巡视，躲开了楼房，躲不开的是路灯，忽然听见旁边有人惊呼看见了，我赶快朝那方向眺过去，它飞的姿势优雅，且呈橘黄色，只是彗尾略短，悬浮在树梢之上，像透明的冰块，闪耀着光。再仔细确认，原来是飞翔的塑料袋。我后来大概是看见彗星了，跟塑料袋很像，也悬浮在空中，我看到的时候它是静止不动的，一些人又在嚷："这回是真的了！""比电视上看的小了很多啊！""是不是快走远了？"我觉得这颗彗星没有想象中的壮美，心灰意冷地问母亲："它还会再来吗？"

母亲坚持说："会的，当然会。"长大后偶尔想起这件事，才发现伟大的母爱总在不经意间流露，百武彗星下次再来，将会是几万、甚至十

3

几万年以后的事情了。

那时候没有电脑,电视也只有8个频道。天黑以后我学手风琴,通常一首曲子反复拉个上百遍才肯罢休,手风琴沉,练得肩膀疼。风箱里挤出的气带出木和金属混合的暗暗幽香,时间长了,也厌烦这气味了。把琴放进琴箱,上锁。此举正意味着我每天最轻松的时刻的到来。我会与母亲散步,一边交流着近日的所见所闻,一边观星。因为天气晴朗的时候,眼前总是一大片星星,躲也躲不开。蛐蛐潜伏在墙根里争鸣,从那音效判断,数量应该相当庞大;飞蛾围着路灯盘旋,时常能听到它们扑在灯罩上的声音;墙上的壁虎很常见,稍有惊觉,撒丫子就跑;白天的鸽子都回了窝,听不见咕咕叫的声音,也不知它们在做什么。我与母亲去2公里外的商业大街,途径一片清冷的平房区,那里路灯的瓦数更低,星星总显得更多一些。我看得专注,想起开篇提及过的那首李白的诗,他写诗的时候,一定是喝高了,飘飘忽忽地想出了如此绝妙的句子。固然他喝的酒也不是二锅头伏特加一类,而是清新典雅的果酒,类似日本的清酒,多喝几口也不会落得大醉导致记忆断片,而仿佛成了仙,修成正果,化作一缕青烟,上天了。

过了最想长大的10年,时间突然刹不住闸了,20岁到30岁的10年,光阴似箭。整日伏案工作15个小时成了常事,吃饭的时候想着采访提纲或者尚未完成的稿子,连吃的什么也不大能记住,上厕所也恨不得带着电脑敲字,时间不够用。一次公司以"锻炼新人"为由,派我一个人去做一场网络直播,专题页面提前一周搭好,所有的稿件提前整理出框架,做好上传准备,直播时一边录视频,一边拍摄图片,上传电脑,调整大小,再加上编辑好的文字发布。水是来不及喝的,整个人上了发条,还是跟不上现场的节奏,中午大家都吃饭回来了,我才忙完,刚要啃两口面包,下午的直播又开始了。回程时领导说打车不给报销,于是我扛着摄像机、相机、电脑等所有设备回到单位,一看表,才晚上 8 点钟,时间还早,第二天一早要发布的头条新闻还有时间写。

领导说:"小郭同志不错。"

我说:"谢谢领导栽培。"

领导说:"去,把那桶水换了。"

那段时间北京已经有了霾,我不知道,以为只是雾。同事整日穿梭在写字楼里,都看不见星星了,也顾不上看。我却经常看见——每天累了一闭眼,星星就在眼皮底下打转。这样的工作接连做了 3 份,我感觉是有点所谓的成就感,甚至在最忙碌的阶段,我还做起了兼职,为杂志长期供稿,或是为企业拍摄产品图片。我像一个刚经历过大饥荒的难民,见到了能吃的东西拼命往嘴里塞。

转折出现在 2012 年,我辞职了,像从大牢里逃出来,一口气去了十几个国家。我在路上走,偶尔能被人认出来,有人向我投来羡慕的目光,问:"人世间最美好的事情,大概就是行走在路上吧?"我说:"人世间最美好的事情,是在人生的每个阶段,都能做自己最喜欢的事。"这个腔调装得漂亮,我心中窃喜,却也说得发自肺腑。当然,"做喜欢的事"是需要平衡的,如果一个人舍不下的东西太多,怎能得到另一些他们想拥有的呢?好比我在《我们好像在哪见过》一书中提到过的南迁的鄂温克人,他们需扔下枪,走出山林,才能过上城市人的生活,但这个过程是悲痛且无比漫长的。很长一段时间,我在家中思考未来,歌德说,"智慧最后的结论是:生活也好,自由也好,都要天天去赢取,这才有资格去享有它。"但他没有提的是,该如何"赢取"。我固执地认为,答案在书中,在别人经历的故事里;答案在路上,在别人看到的世界里。

有一技之长好,码字和摄影,让我有机会以工作人员的身份,周游列国。一年春天,我在西南印度洋上的法属留尼汪岛待了一段时间,其中的某个夜晚,我与朋友们在马发特冰斗的山村里度过了一夜。我们吃完晚饭无事可做,跑到伸手不见五指的草地上眨着眼数星星。恍然意识到,我大概已经有十几年没有如此看过星了。开始只能看到最亮的十几颗星,待眼睛适应了黑夜的亮度,星星就一片一片的跳出来。10分钟以后,甚至可以看到银河就挂在天上,比小时候看到的星夜更加斑斓璀璨。

满脑子关于星辰的诗词全想不起来了,只甩出一句脏话,骂这该死的夜空太迷人。又想,千百年来,这夜空一直如此,我们被城市的光污染迷惑了太久。古人看着银河吟的诗,今人却不知银河哪般模样了。

听人说仙女座大星云,距离地球220万光年,肉眼可见。我竭力地寻找，想看见220万年前发出来的光是什么颜色。我不禁联想，假如我超越光速，回到220万年以前，世界将会是什么样的？我们的向导说，这冰斗里，有人一辈子都没有见到过大海。难以置信，这仅仅2000多平方公里的小岛，竟有如此之人。他们大概是生活得安逸了，要做一辈子隐居的人。

抑或者，他们把时间抛向宇宙，在山林里躲藏着。山中一日，山外一年。他们以为天地之间停留在战争时期。倘有机会见到他们，我要学着克里奥尔语喊："英军已经撤了！"

斗转星移，三十而立这年的深秋，我在巴尔干半岛的克罗地亚，驱车去普里特维采湖群国家公园，那晚冷得冻手指，我与朋友住在距离湖群几公里外的一所木屋里。木屋是当地人自己伐木建造的，他们还在附近种上了成片的向日葵，屋子周围栽上不知名的花，天冷，这些植物全排着队，等着凋谢。除了人能走到的地方，周围到处是及膝高的野草。见有人来，一条大黑狗就摇着尾巴凑过来，不吠，嘴和湿湿的鼻孔里冒着热气。房屋的主人是个花甲老太，披着红色的毯子，戴着眼镜，英文会的不多，始终改不了慈祥的笑。听说，她曾是勇猛的猎人。难以置信。

夜深了，我搬出脚架出来拍摄星空，眼前又多了几匹马，马没有被拴着，只是静静地杵在草中央，身子一动不动，以至于用30秒的长时间曝光拍摄，马的全身依旧完整而清晰。银河还悬在那里，连成轻柔的丝带。地中海地区的航班出奇的多，在照片里形成一道道红色的虚线。几棵树后面，北斗星的位置极低，却依然是夜空中最明显的标志，多少年过去了，直到现在，每次看见它我还似童年那般的激动。"找到北斗七星，就可以找到家。"母亲的话一直镌在心中，弹指廿年，我奔波在路上，母亲已经日渐衰老。苍穹之上一道流星划过，转瞬即逝，仿佛万籁之中白驹过隙的我们。在无限广阔的时间和空间中，我们又算得上什么呢？

诗仙的诗要吟，诗仙的酒要喝，茫茫星辰中，一定也有人在另一个星球上昂首仰望吧？我们便是他的"天上人"，他一直未曾出现，不过是怕我们受到惊吓而已。

房屋的主人特地披着毯子走过来对我说："这里冷，早点回吧。星星一直都在那儿，谁也偷它不去。"

老人凑过来，大概是要把毯子给我披上，她的手背在月光下泛着好看的光，那皮肤上的斑驳犹如天上的星。我连忙握上去，示意她毯子不用给我。倏忽之间，我已是百感交集说不出话。

我心里想：妈妈，"星辰"已经摘到了。泪水莫名地抑制不住了。

赤脚僧人

从萨格勒布回国的时候,我们在机场遇到了一位神甫,一席庄严的黑色常服,胸前坠着神圣的十字架,周围的行人匆匆碌碌,与其相遇,皆毕恭毕敬。朋友开玩笑说,回去也整一身类似的行头,出国旅行便不用担心小偷了。此番言论已经亵渎了神明,我们遭到的惩罚便是飞机延误了1个小时,引得朋友低头忏悔。

此事为小,天下苍生有数不尽的恶人恶事,神明有大智慧,却不知他怎样为人定罪,怎样为罪划分等级。假扮神甫的玩笑话,让我联想起真遇到过类似的事件,只不过地点换成了北京,被利用的宗教也摇身一变,换成了佛教。两位"僧侣"敲开我的家门,说些赐福求财的话语,请走了,却也换不来祝福,反被恶语诅咒。邻居老人大多给了钱,无非是想求一个内心宽慰吧。对此,历史教师袁腾飞有高招,令对方背《般若心经》,对方哑口无言。这些假僧人几次没有得逞,却也显然没有得到惩罚,他们依旧会欺骗其他善良的人。我又不知道,神明如何定他们的罪,隐约听见加缪在《局外人》里塑造的默尔索在最后的刑场上终于打破了沉默，说："你们定了我的罪，难道你们就不是罪人吗？"当然，他没来得及说，他只是希望在处决他的当天"有很多人来看热闹"，他们都向他发出"仇恨的叫喊声"。从某种意义上讲，人人都不可谓清白，如此的难题交给神明，由他判定，于是我放弃思考了，知道自己是无论如何也没有资格思考神的工作的。

儿时春游去潭柘寺，同学们也学着大人的样子买了香，拜佛求好运，无非是把过生日许下的尚未实现的愿望再许一遍，之后插上香，仪式宣告结束，大家奔跑着互相追打起来。后来走的地方多了，方知道，那些烧香拜佛的人，绝大多数都不是信佛之人。大多都是无事不登门或临时抱佛脚的。有人说，这种上香的行为属于贿赂佛祖，人不敬，心不净，不知佛如何看。

3月份尖竹汶的空气如怀春的少女般，一出门，就像推开澡堂子的门，这种感觉，只有清晨好一些，那时候澡堂子的锅炉房还没有点火。所以夜晚早早睡去，凌晨3点多起床，我与一群好友踏上去县城的路，准备去感受一场盛大的布施。我在《我们好像在哪见过》中提到过布施定律，意思是我们布施出去的任何东西，终将成倍地回报到自己身上。这个理论同样适用于物质、金钱、情绪，包括正面的和负面的。意在希望人们多行善事，并且不求一时之得失。

大约知道此次所见泰国人的布施不同，是与佛教有关，是百姓将提前准备好的食物赠予经过的僧人。

天依旧黑得深邃，市中心的集市却已经沸腾起来，运输车来来往往，车上车下的人们搬运着货物，蔬菜、熟食和水产分门别类，昏暗的灯照得每个人的额头和腮帮金光闪闪，这些光亮或明或暗，跳动出属于自己的韵律。商贩们手脚麻利，忙碌得顾不上身旁经过的我们。直到市场中的摊位逐渐铺满，购买者也多了起来，第二波忙碌又正式开始了。

我们挑了新鲜的食物，用袋子包好，又小心谨慎地装进一次性饭盒。往巷子中走去，准备交给路过的僧人。

本以为这布施是一次盛大的仪式：成排的僧侣念经作法，人们自然组成一个大食堂，轮流往他们的饭盒里打饭，仪式结束后大家四散归去，僧侣们坐车回家，毕竟饭还是热的好吃……一切虚无的幻想，被街巷远处黑暗中慢慢浮现出的一个人影所打破。街道上没有其他人，我和朋友们自动站成两排，屏住呼吸，静了看，那身影愈发清晰，身披纳衣，光着脚，低着头，步子不迈大，上身只是连带着起伏，没有多余的摆动。走近了，再带着敬畏仔细看，僧人的手似乎悬在小腹前，肤为棕色，纳衣比肤色略浅，只遮到脚踝至以上10公分的位置。更近了，清楚地看到他的双手捧着个容器，左肩挎着鼓鼓囊囊的布袋，里面应该装满了东西。他的眼不眨，唇不动，手不动，一双赤脚在动，心在动，血在动。

我的泰国朋友率先迎上前，屈身，把方才准备好的食物捧给僧人。

我们便学着他的样子，双手合十，上身前倾，微微鞠躬。僧人装好食物，呼吸平静，没有声音，像一尊会动的雕像。他口中念起祈福平安的话来，整个过程持续 1 分多钟，直到我的头皮发热，听到心脏一股股把血输送到手指尖和脚趾头。出家人舒展开刚刚紧锁的眉头，睁开眼，嘴角微微上扬，缓缓转身，翘起脚尖，继续缓缓前行。

心中竟茅塞顿开，原以为布施者是我们，现在才纳过闷来，我们把食物这样的外财赠予僧人，做了最简单的布施，也就是外财施，而僧人回馈给我们的是更高深的法布施，令闻者得法乐，资长善根之功。

豁然想起曾经在敦煌莫高窟看过一副经变画，是关于舍身饲虎的故事，大意是说小王子摩诃萨青在一次游玩中遇到一只正在给小老虎喂奶的雌虎，雌虎面黄肌瘦，虎仔活泼可爱，但雌虎为了充饥，似乎正要吞食幼虎。雌虎为了活下去，不得不食虎仔，倘不食幼虎，雌虎饿死后，幼虎也会逐渐死去的。于是小王子献出了自己的生命，救活了母虎与虎仔，这种行为，也感动了雌虎，似乎它是带着感伤吃完，又在白骨旁久久徘徊。小王子也最终由于自己的无量功德，投身到了天界。这也是一种布施，是更高境界的布施。我等凡人无法理解，舍身投入虎口以后，他的家人将会承受怎样的痛苦？当他的亲生父母与两位兄长看到亲人只剩下残破的头颅和皑皑白骨，鲜血洒落一地；当他们又想到这猛虎撕咬着王子的肉，摩诃萨青睁着眼看着自己的躯干被肢解掉，抑或是闭目心满意足的安稳睡去；当他们想到王子的痛，自己也经历疼痛的时候，他们的痛苦会不会令自己产生关于行善的质疑：自己为何养育了如此善良的孩子，自己宁可他从未如此善良。故事的结尾解决了人们的疑虑，王子看到双亲的愚痴，十分同情，下凡人间竭力解释为善的功德和伟大，最终，父母从阴影中走了出来。

国内也有类似的事情，丘处机73岁高龄仍不远万里劝谏成吉思汗，他用孔子指责鲁定公的话来警告可汗——君相沉溺于声色，国家何以图强？不久后丘处机又劝他"敬天爱民、减少屠杀"。佛道不同，理念却总有相似的地方，这种苦口婆心的教诲，抛开教派界限，大抵也算作是一种布施吧。然而人是复杂的，成吉思汗服从草原民族的生存法则消灭了其余五部，成为了蒙古草原的共主，使百姓富足安康，但后来又因复杂的爱恨情感，有了征服世界的野心，并非以德服人，而是杀人灭口，所到之处鸡犬不宁，实属贪婪。

尖竹汶的朝霞像僧人缓缓地脚步，也像他祈福后徐徐睁开的眼。缓过神来的时候，我的眼前又经过了几位僧人，同样的服饰，同样赤脚，同样平静。大街上的行人渐多，却不喧闹，人们双手合十，虔诚的接受出家人的法布施，这样的场景，一天又一天，不知从何时起，不知又要延续到何时。依我看，不求回报的行善，是相当必要的。任何求回报的行善，从某种意义上来说，只能算是合作，更甚，很可能像临时抱佛脚的功利者们，一不小心就变成了行贿。

我们的司机英语不好，自始至终沉默寡言。走在尖竹汶沿河边的一条小路上，他问了我一个问题："你知道这些僧人为什么没有穿鞋吗？"

待他问完这个问题之后，我疑惑着，却终究也没有等来答案。或许是他无法用英文解释清楚，或许是这本来就不是一个问题。

躺在床上思来想去，终于得出一个不知是否正确的答案——大概修行人本该清心寡欲吧。

来自火山的明信片

　　岛上的天气说变就变，中午在乌布镇上，头顶的太阳还毒辣得叫人焦躁，转眼车开上了山，不过1个小时的工夫，便下起雨来。这雨来势凶猛，云像水里四散的墨汁，膨胀着压下来，把白昼变成了黑夜。司机打开车灯，在逐渐拥堵的道路上，缓缓前行。

　　雨越下越大，还夹杂着冰雹，"乒乒乓乓"落在车顶上，砸在玻璃上。大雨笼着车窗，眼前一片模糊，道路两旁的树和建筑，已是没有了轮廓，只剩下斑斑色彩。司机倒是慢条斯理地打开CD，哼起歌来。他告诉我们，别着急，大概要半个多小时才能到目的地，那时候雨恐怕早停了。

　　我在车里百无聊赖，汽车走走停停，书和手机都看不下去，只好琢磨窗外的景色。一片长条形的红色模模糊糊地移过去，我猜它是店铺的招牌，难不成也可能是横幅，如果巴厘岛也兴挂横幅的话。汽车忽地停下来，大家的脸都贴在前面座椅的靠背上，窗外几只棕红色的圆点飞快地移动过去，想必是谁家养的鸡，被冰雹打到，正四处逃窜；我最佩服那骑摩托的，如此大的雨还要赶路，于是吐了哈气，擦擦玻璃，效果有限，但勉强可以看清：一双拖鞋，一条短裤，上身套一件防水外套，也许是渔民吧，遇见水，像是到了家，骑在摩托车上竟也格外安心。正想着，玻璃继续被雨水遮上，好似罩上了一层塑料布，窗外掠过的依旧是色块的斑点，天色很暗，周围的一切也是黯淡无光。

车里的音乐终于更换到熟悉的节奏，郑钧的几句歌词把大家从各自的心事中叫醒——

雪山青草
美丽的喇嘛庙
没完没了的姑娘她没完没了的笑
雪山青草
美丽的喇嘛庙
没完没了地唱我们没完没了地跳
……

几句歌词把我的思绪带到四姑娘山的藏民家，在天高云阔的地区久驻，人心也变得无比广阔。牛羊不怕生，我想，大概与他们的主人一样，把所有人都当做好人，便没有了戒心。我只身一人闯进牲畜的地盘，躺在一片空草地上，望着幽蓝的苍穹，像与什么人对视，看进了他的眼里，这个人，想必是位圣人，包容一切，淡泊名利，优哉游哉。几只牛羊凑近了好奇地看我，我便冲它们做鬼脸，它们又缓缓地走开了。我当时并没有辞职，工作上的烦心事接踵而至，在那片草地上，却怎么也想不起公司的事情了。那一瞬间，我觉得，吸着从雪山中吹出来的夹杂着牛粪味道的冰凉空气，比坐在新搬进的格子间里吸甲醛要好得多。

司机依旧哼着曲调，不知他能否听懂这歌词里的意思。我们这次要去的，也是山，只不过没有雪，是火山。

雨已经小了很多，稀稀拉拉的，一片树叶从车顶滑下来，恰好贴在我这一侧的车窗上，乌云的天幕徐徐拉开，太阳虽没有出，车子内却也亮堂了起来，这片叶的经脉就像投影那般，清晰地展现在我眼前，车子启动，它也动了一下，像一只可怜的干巴巴的小手，正要唤我去帮他做些什么。

司机一个转弯，叶子掉了。"前面堵车了，我们去梯田。"

梯田也是一个景点，说是景点，其实连一个观景台都没有，这也倒好，更原汁原味一些。只是游客去的多了，旁边就总少不了叫卖的商贩。由于我曾经在国内的南方、西班牙的二手店、泰国和韩国的市场上都看到过同样的工艺品，他们都宣传是当地特产，所以我对那些街边私人的小商品的出处有所怀疑，倒不如眼前的风景来得实在——

天依旧阴，能见度却不差，从远处看过来，视野的尽头是巴图尔火山（Gunung Batur），旁边另一侧是巴图尔湖，近处我们的对面有一座山，上面布满植物，隐约可以看到有几间简陋的棚子，大概是农民歇脚避雨用的，这山是三面的，路一环一环地通向我脚下，我看了看，有农民从我这边沿泥泞的盘山路走到对面的山上去，脚步不慢，也就10分钟的路程。里面的庄稼种得算不上整齐，就规模和相貌，远无法与元阳梯田相提并论。反倒是眼前的几位农家的对话，吸引了我的注意，他们隔着山喊着什么，声音大到不用喇叭，在这马蹄形的山谷里形成回音。距离我们不远的这位中年妇女，在喊完一句话之后开心地笑着，不小心一眼瞥见我们，发现自己已经成为了游人关注的重点，于是尴尬地收起笑容，那笑容要收，又控制不住，只好低着头，躲进附近的棚子里。

凑近棚子一看，里面黑压压的一片，还有不少人呢。他们有的见我拿着相机，示意我另一侧有台阶，人也不多，可以下来拍照。我连忙笑着点头答谢。

一连拍了几张不大满意的照片之后，我稍稍有些扫兴，望着远处的云，风给它们分出了层，那下面是壮观的巴图尔火山，山上黑色的，大概是爆发之后留下的火山灰，逐渐到山下渐变成浅绿色，湖水沉默着，纹丝不动，泛出柔和的光。

我转身要走，身旁竟凭空出现了两个小女孩。她们黝黑光亮的皮肤，个子一高一矮，年龄大一点的，也就八九岁的样子，小一点的那个，走路都不大利索，大约也就6岁多点，姐姐穿着当地的民族服饰，背着个书包，妹妹穿着一件米老鼠的短袖T恤，二人都穿着同样款式的拖鞋。她们抬起头，炯炯有神的眼睛对着我，仿佛在与我说话。我从她们睫毛间的双眸看进去，直达幽蓝的苍穹，乃至浩瀚宇宙。

"你喜欢明信片吗？"个子高的女孩问我。

我惊讶道："你会说英语？"

"嗯，会一点点。"她继续用英语喃喃地说，同时揪着自己的衣角。

我实在是有些惊喜，便示意她们把明信片拿出来给我看看。她们在书包里翻腾着，我心里偷笑，小姑娘们真是找错了目标客户，通常摄影师是喜欢明信片，可也对明信片要求很高，而我，更喜欢用自己制作的原创明信片寄给朋友，平时很少会买别家的明信片。她们着实又找对了人，因为我承认，自己是一个冲动消费者，有时候消费的并不是物品本身，而是交易的过程，我可能会为一段愉快的经历买单，不管对方卖的是什么东西。

"你的英语跟谁学的？"趁他们找东西的时候，我问。

姐姐从书包里拿出一沓明信片，显然小手不够用了，我连忙伸手过去接住，无意间碰到那只干枯却温暖的手，活像雨后凋零的树叶。

"爸爸。"女孩只会简短地问答，发音像模像样。也难怪，如果父亲是做生意的，那英文自然是会不少，孩子也可以借假期休息的时候，帮着家人分担些工作。

我翻看着手里的明信片，全部都是巴厘岛的风光摄影作品，拍摄水平不敢恭维，与乌布镇纪念品店里的质量差了很远。妹妹麻利地帮我打开几套明信片，用肢体语言示意我这些都可以打开来看，每一张都是不同的主题。小家伙看我明白了她的意思，抿着嘴冲我乐。汗水从她的鬓角一侧流下来，刘海儿塌着，贴在脑门上。

"多少钱一套？"我轻声问道，怕但凡有些粗糙的举动，都会惊到这对柔软的姐妹。

姐姐伸出1根手指头，妹妹伸出双手10根指头，两个人用手比画着，场面有些滑稽。我想笑，却一直绷住。姐姐见妹妹与自己手势不同，怕我以为她们意见不统一，于是把妹妹的小手按回去，教她也学着自己的样子，伸出1根手指。我大概了解当地的物价，1根手指头代表的是1万卢比，10根手指头就是10千，前者是中式的说法，后者是美式的说法。

我已经想好要买哪些，但依旧不甘，想从她们口中套出更多的信息，哪怕是一个编纂的故事。只要是对方说出口的，我便不去核实真伪，你说了，我就信。真伪自有时间去验证，我只是匆匆一个过客。

"为什么自己出来卖明信片？你爸爸呢？"我问。

女孩不作声，我以为她们听不懂，便换着措辞又问了一遍。心里默默地给姑娘鼓励，拜托你，说点什么吧。

"爸爸——"她扭头看了一眼棚子，从这个角度，看不到人。"他让我们做的。"

"你喜欢卖明信片吗？"

她咧开嘴，露出一排整齐的牙齿，颔颐而笑。

我长舒一口气，并没有什么催人泪下的故事。这或许正是我所期待的结果，我并不希望眼前这两个拥有明亮双眼的孩子经历什么曲折的生活。快乐就好，不论生意好坏，靠自己的劳动获得金钱，无疑将成为她们珍贵的经历。

我拿了9套明信片，掏了掏兜，把所有的零钱都给她们。

"不用找了，我明天就回国了，反正也用不到了。"说完，便顺着台阶往山上走。还没走出几步，小姑娘追过来，硬又塞给我两套明信片才肯罢休。

我笑着回到车里，郑钧的歌声依旧在耳边环绕：

在雅鲁藏布江把我的心洗清，
在雪山之巅把我的魂唤醒。
爬过了唐古拉山遇见了雪莲花，
牵着我的手儿我们回到了她的家。
……

是火山还是雪山并不重要，重要的是哪一次旅程可以让我的心更加清澈。

回到酒店，我摆弄着这些普通的不能再普通的明信片，念起白天的故事，愈发爱不释手。我精心安排着它们未来的归属：一套留给自己，再送给身边几个要好的朋友一人一套，剩下的回馈给网友。它们对我来说，已经远不是明信片这么简单的物件了。

翌日，退房，登机，回国。

凌晨到家，我迫不及待地翻起背包，却无论如何也找不到这些明信片了。一声惊雷在脑中劈开，耳边又撞钟似的敲个不停，脑仁中的另一个自己，从万米高空极速陨落，掉进大海，泛起一片杂乱的水花，继而沉入海底，耳边呼啸的风声继而转为寂静……

天亮再联系酒店，回复亦是令人失望的。我寻遍了所有能想到的角落，仍然一无所获。

累了，瘫坐在地上，一动不动。休息一下，再翻一遍，得到的还是同样的结果。

我依旧做着自己的事情，写稿、参会、准备接下来的签证材料、接受采访。一次在回家路上遇到刚放学的胖小子，吵着要奶奶给买冰棍吃，老人拗不过，只好掏钱。男孩儿心满意足举着冰棍大摇大摆地走在前面，老人偷偷把找回来的零钱塞进胖孙子的书包内兜，再小心翼翼地把书包放在便携的行李推车上，蹒跚地跟在小男孩儿的后面。我猛然间想起自己的行李箱，似乎有一个口袋还没有找，于是快走两步到家，把箱子底朝天翻了一遍——还是没有。

我终于放弃了。

可能上天如此安排是有原因的吧，有时候越是在意的东西，越是容易失去。转念又一想，分明是自己粗心大意，把这些明信片拿出来又放回去，倒腾几遍，总算丢了。

后来，我几次在整理此行图片的时候，想起那两个笑容满面的眼睛如洁净苍穹般的小姑娘来。我总觉得，那些明信片被我带回来了，只不过放在了某一个我记不起来的角落了。

无言的沟通

飞机延误将近 8 个小时，到北京的时候，已经是夜里 11 点多了。起飞前我给事先约好的专车司机打电话说明情况，电话那头一个粗犷的声音回答道：没关系，多晚我都等你。这是我第 3 次飞抵南苑机场，而前两次的经历，更加惨不忍睹。

司机姓王，很壮实，也就是人到中年的样子，嗓音听上去却比长相老了 20 多岁。他把我的行李塞进后备厢，把我安排在副驾驶的位置。油门踩下的同时，满口东北味的烟酒嗓开始打听起我的情况来。

汽车在漆黑的小路上行驶，偶遇红灯，车速不快。面对司机的再三询问，我有些敷衍的向司机介绍了一下此次出行的目的，之后便有一句没一句地聊着,气氛稍显尴尬。

"我以前是开大车的,太累。最近转行干二手车了,顺便开开专车玩儿。"

车又停了,这次是遇到堵车。他似乎念念不忘自己曾经开大车的经历,在抱怨了一些乘客拒单和航空不准时给他带来的种种负面情绪之后,话题突然一转,把时光带回到10年前。

"我那个时候开车去新疆,有件事儿让我觉得,维吾尔人是真的淳朴。"他略带神秘地说着,勾起了我的好奇心。

故事发生在一个夏天的傍晚,王师傅开着大车经停和田附近的一个长途服务站。已经半天没吃没喝的他,走进便利店买了桶方便面,坐在外面的台阶上狼吞虎咽地吃了起来。埋头连续几大口进肚之后,他猛地抬头吸了一口气——啊!痛快。有趣的是,他发现自己的身边多了一个10来岁的小男孩。这是谁家的孩子?从哪跑来的?他不着急寻找这些问题的答案,只觉得这个浑身脏兮兮的孩子有些可怜。

司机固然知道,眼前这个维吾尔族的小孩,是不会说汉语的,可看他在自己身边一动不动地站着,就那样眼巴巴地看着自己,怎会不为所动呢?于是王师傅起身又买了一桶面,用开水泡好,小心翼翼地递给他。服务站便利店门口的台阶前,闪烁着一大一小两个坐在台阶上吃面的人影。小孩连汤带水吃完面，一溜烟朝着夕阳的方向跑去，眨眼的工夫就不见身影了。

司机嘿嘿一乐："孩子就是孩子，现在想想还是挺好玩的。"

"怎么吃完就跑了呢？"我问。

"我当时也有点纳闷，不过也就买瓶水的时间吧，小孩又回来了，手里还提着一兜子东西。"

小孩找到王师傅，把手里的东西塞给他。司机打开一看，居然是两包肉干！

小家伙怕师傅不收，露出严肃的表情表达自己的坚决，最终大人被震撼了。

勉强收下这份有些贵重的礼物之后，小孩才终于喜上眉梢。原来，小孩家就在附近，也许在他眼里，物物交换比金钱买卖要圣洁得多。作为答谢，司机又给他买了瓶水，之后就整顿行囊，准备再次出发了。

新疆的路总归是漫长、乏味、单调的，大漠和戈壁带来些许沉闷和忧伤的情感。祖国西部的傍晚，日光依旧强烈，货车西行的路，是一场追逐夕阳的枯燥旅程。王师傅沿着这条公路，接下来又会是几个小时，甚至十几个小时的奔波。

他带着些许割舍不下的思绪,打开车门,却被背后的一个微弱的力量拽住衣角,小鸟哆食那般清脆,小猫撒娇那般轻柔。

那张带着令人震撼的严肃表情的小脸蛋,又出现在他身后。这一次小家伙手里捧着的,是两张刚烤熟的馕。

王师傅这次没有推辞,双手接过来,带着热腾腾的烤馕,上车。

只是,直到他从后视镜中看着孩子跳跃的身影逐渐消失,他也没能发动起汽车。他承认,在这个自始至终没有一句对话的服务站,自己已经被感动得一塌糊涂了。

情侣

国内春节假期之时，我正背着沉重的背包，与兄弟 Pietro 走在意大利维也纳市区小巷子里的碎石路上。

时间巧合，按照我们的行程，正好是在西方情人节当天抵达小城维罗纳。莎士比亚创作的《罗密欧与朱丽叶》，赋予了维罗纳几分浪漫的色彩。整个城市也被玫瑰花和红色的气球淹没，所到之处，有香槟和巧克力弥漫的气味，也少不了各国情侣花式虐狗的自拍合影。商家利用节日促销打折送礼，景点前排成了长队，来自世界各地的情侣们簇拥于此，这样的经历，是在任何一座城市都无法体验到的。

我们沿着巷子往城市中心走，地图显示，距离我们不远的 Torre dei Lamberti（兰贝尔蒂塔）正是一座俯瞰全城的地标建筑。于是我提起兴致，跑过去买票。

工作人员是个体型略胖的白发老者，英文流利，讲话慢条斯理，带有一副工作严重不饱和的悠闲面庞。他一边上下打量着我们，一边指着旁边的一个宣传板告诉我，今天是情人节，有 5 折优惠，不过仅限于情侣。

我耸耸肩，和 Pietro 面面相觑。不过看看票价，好在也并不算贵，不坐电梯还能更便宜一些，正好就当运动了。短暂的遗憾之情很快就被对于景色的憧憬所淹没。

"那我买两张。"

"嗯。"老人低头认真找零，慢悠悠地从桌子上成排分堆摆放的硬币中捏起几枚，伸手递过来。

我连忙双手捧上接住零钱。

"祝你们玩得愉快！哈哈。"老人摇头晃脑地冲我们挤了下眼睛，笑容里带着一丝神秘。

"天哪！"我数着手里的硬币。

"怎么了？"Pietro 问。

"老爷子给咱俩打了 5 折！"

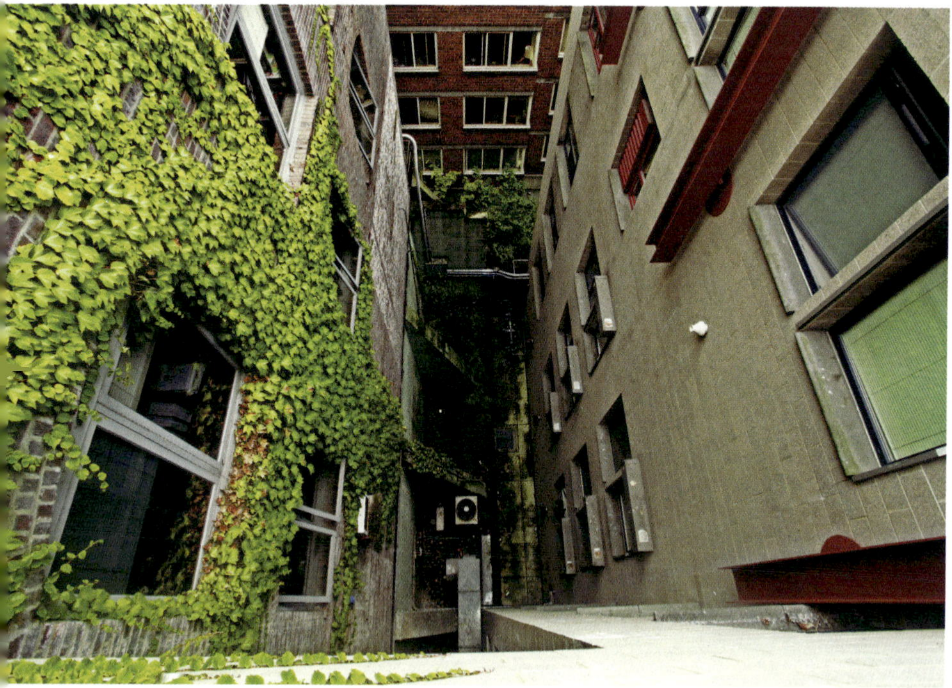

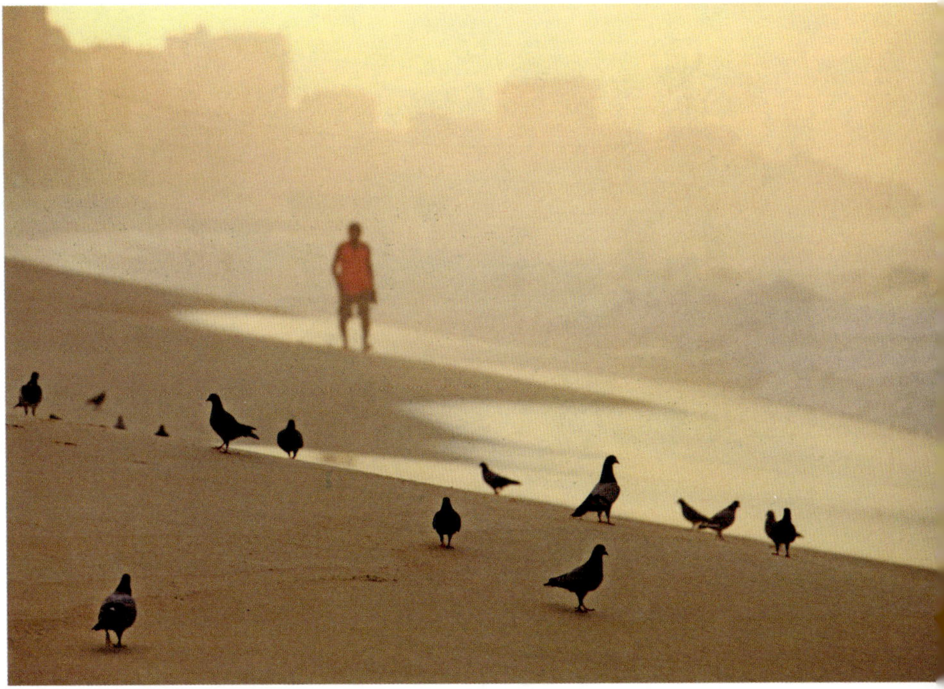

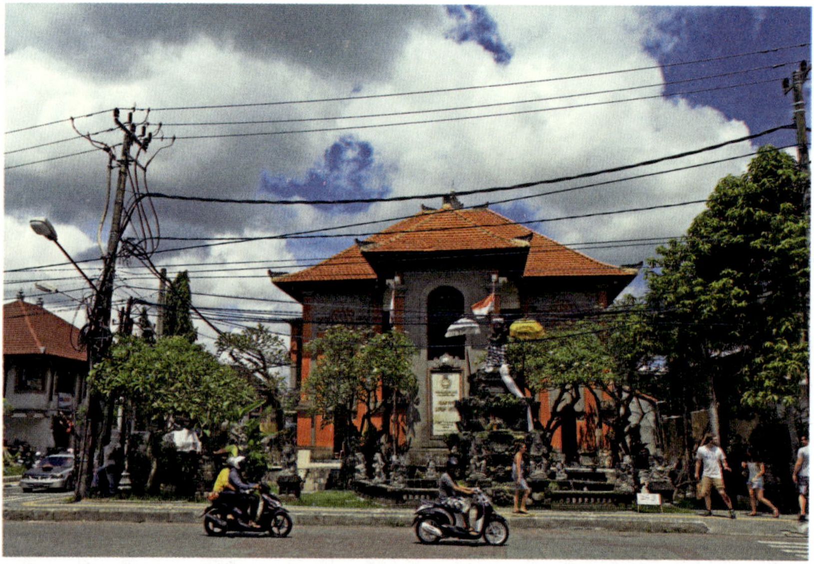

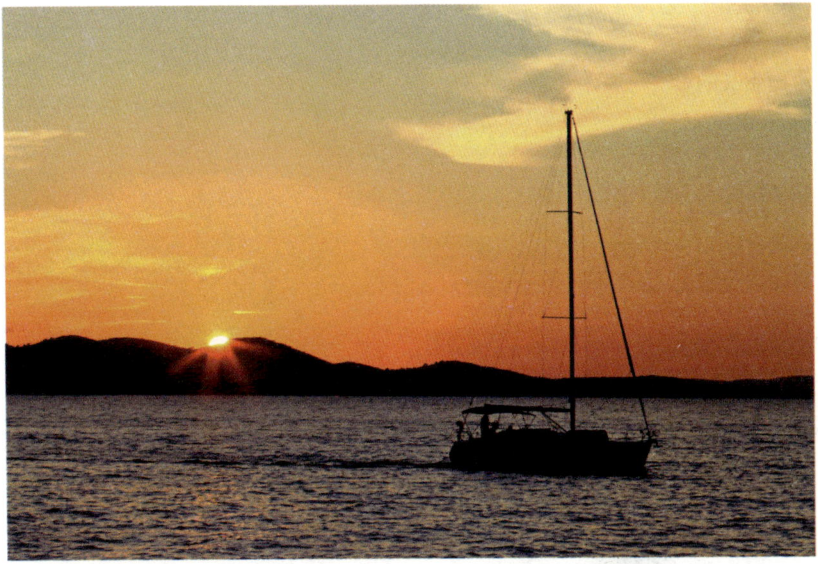

梦想

昨夜的梦
是蛋白质
在我体内沸腾

耳中是
肌肉生长的
声音

迷茫黑夜
我比日出
更加期待明天

埋下一粒种子

出类拔萃与平凡无奇

不知为何，我在米兰坐到的地铁，大多都是上楼时只见费力的台阶，而电梯都是像树根一样冲下的，把地上的人平平安安地运往地下。似乎地铁的规划者心中所想，乘地铁前你是我的客人，我要恭敬地把你迎进来，出去我就不管了。我问在意大利生活多年的朋友，得到的回答是：不是这样啊。他竭力反对我对米兰建设保有的不人性化的观点，好像东家宴请宾朋时挑选了一家并不合口的餐厅，却极力维护着餐厅的形象，实则一是维护自己与众不同的品位，亦是推卸责任：不好吃是你们的问题，与我无关。

我是带着幻想来到米兰的，与所有扛着大包走出西客站的人一样。乔治·维阿曾说——我的皮肤是黑色的，体内流淌着红色的血，我永远属于米兰。这句话让我从小学4年级起，就穿上了AC米兰的9号队服，当然，那是父亲在街边给我买的35元钱一件的假货，后来我对照着画册看，发现这件衣服假到，除了队服的颜色是红黑相间以外，其他位置的图案均不大对劲，就连胸前的队徽都给印错了。这挡不住我对米兰的热爱，因为恰好维阿就是 9 号，他在不断地进球。几年间，米兰城的偶像数次更迭，那些耳熟能详的人名，让我以为，米兰一定是世界上最好的城市，不然怎能引得无数英雄竞相来，欢歌把酒赢金杯呢？

"Per favore（借过）。"米兰的冬天，地铁车厢显得格外拥挤，着装臃肿的大叔吸着肚子，从我身边蹭了过去。与北欧人相比，意大利人不高，与巴西人相形；意大利人不帅，但亚平宁半岛却以时尚出了名。从古至今，不论男女，穿衣搭配绝对不会让人反感，于是也就有了阿玛尼，古驰，普拉达如今的辉煌。我的目光正前方是一个胖子，他刚摘下帽子的头顶冒着热气，抬手擦着后脖子上的汗珠，一低头，挤出厚厚一层双下巴。他也是爱打扮的，羽绒服、西装、毛开衫、衬衫，八成里面还有件跨栏背心，全副武装，像上战场的战士。再看一眼旁边的帅哥美女，无一例外，都把自己包裹得严严实实，地铁到站开门的时候，门外冲进来一群装扮雷同的壮汉，车厢摇摇晃晃，一场华丽的美式橄榄开打了。不得不提的是，意大利的冬天，地铁里因为有了好几团带着热气的羽绒和皮衣，气温起码有 20 摄氏度，至少，我只穿牛仔裤和短袖 T 恤，是不觉得冷的。看过意大利的帅哥美女，忽觉得学生时代的那句类似"要风度不要温度"的观点，就跟放屁一样。

米兰之于我，就像是曾经暗恋的姑娘，泡到手之后才终于发现，原来她有狐臭。所以大抵美好的事物就应该藏在心底，走得近了，反而会出了问题。

童年的幻想里，米兰是没有骗子和强盗的。刚出地铁，我就被一位跪在地上的妇女拽住了裤腿，此人棕色皮肤，穿着夸张的长袍，身边依墙而坐的是两个尚不懂事的小男孩，她见我停下来，便不再拽我，抬起上半身，装得一副可怜相，伸一只手管我要钱。身边经过的意大利男子甩下一句"别理那骗子"，被那妇女狠狠地瞪了一眼。我趁机抽身离去。

欧洲人大多不喜欢鸽子，可米兰城却偏偏全是鸽子。这里的鸽子不怕人，轰也轰不走，夺人手中冰激凌上的坚果，甚至骑在人头上拉屎。朋友提醒我，若有人给我玉米粒喂鸽子，不理他便是。我连声答应。这里的黑人有种拙劣的骗术，由同伙两人一起实施，当他们发现正在拍摄照片的游客后，便会上前搭讪，装作友好地想帮其拍照，与此同时另一个人会向游客手中撒一把玉米粒，引诱鸽子来食，拍完之后便会索取天价费用。

米兰的黑人很多，他们中的大部分，其实也很勤劳。地中海的冬天，总是阴雨绵绵，有时候一下就是几个星期，偶尔早起出门，在那些免费景区里的，除了游客，便是出售雨具的黑人伙计。雨停了，他们就开始卖玩具，那些北京10年前已不再新鲜的东西，被他们拿在手中把玩，表情投入得像杂技演员。他们中间，能居住在逼仄的老宅里已属幸运，有的甚至睡在某一个街角，待第一缕阳光叫醒沉睡的身体后，去广场的水池边刷个牙，就开始新一天的生活了。这群黑人爱笑，似乎这世上从没有什么难事；这群黑人爱交朋友，只要是黑人，不管认识不认识的，上去就抱，像亲兄弟一般。我想，如果乔治·维阿没有踢球，会不会也和他们在这里称兄道弟呢？现实终归不可逆，现在的维阿已然当选利比里亚参议员，传闻他的下一个目标已经是竞选总统了。

这世上，有人出类拔萃，就得有人平凡无奇，关键在于你是什么性格，你走哪条路，以及你身边聚集了什么人。从某一角度来看，米兰，没有拦着任何人，那些靠自己的才华和努力在此取得成功，从而赞美这座城市的人，没有一丁点错。我豁然开朗，狐臭的姑娘其实没什么不好，反而让我这个有汗脚的人觉得在她面前用不着那么妄自菲薄，只要我送她一瓶香水，我们还有机会发展下去。

从住宿的地方到圣西罗球场，要换乘几次地铁。借着夕阳的余晖出发，从地铁里爬上来，天已经黑透了，看看表，距离开赛还有1个多小时。朋友说："我第一次来的时候，很失望，我觉得圣西罗，我们心中的殿堂，怎么也得和谢赫扎伊德清真寺一样雄伟。"他紧了紧衣领，继续说："一会儿你可得忍住了别激动啊。"

意大利人看球是一景儿，我在佛罗伦萨的时候，恰好赶上周末，酒吧里里外外堆满了人，有钱人进去看，有酒有菜有大座儿，没钱的或是来晚的，只好站在门口，眼巴巴地透过玻璃窗看，他们也不觉得可怜，也跟里面的人一样，互相讨论着球场上的内容。球进了，认识不认识的都举杯相庆，比赛结束，大家各回各家，彼此不再联系，待下一次球赛开始，这群人又聚到一起。这倒让我想起老北京的堂腻子，在澡堂子里下棋、看报、斗蛐蛐儿，反正这澡堂子除了洗澡，有的是特异功能。大概这意大利的酒吧,到了周末就成了看球的场所,喝酒反而成了附加品了。

我们朝球场的方向走,周围静得出乎意料。昏黄的灯光下,几家小店按部就班地运营,远处是一片停车场,偶有车寂然无声地停在这里。沿着一条黑漆漆的路直走,越发寒冷起来,两边的树,自下至上延伸到空中,最后消失在尽头里,地上一胖一瘦的两个人影,在路灯的照射下,忽而朝前,忽而朝后。这几分钟里,周围就只剩我们两个活物了。我感到汗毛全部竖了起来,搓搓手,又把手捧到嘴边叹两口热气。再往前走,出现了一堵满是球星的涂鸦墙,我于是松了口气,心想总算是有些足球元素在这里了。

圣西罗作为成就了几代巨星、承载了无数人的梦想的梦剧场,固然还是很有魅力的,走近球场,周遭也开始喧闹了起来。球迷们从四面八方赶过来,有节奏的击掌,喊着口号唱着歌。我通常是先听到声音,再去找是谁唱出来的,意大利人的胸腔似鼓,三五个人喊出来的声音也能传到视野不及的远方。

"怎么样?不大吧?也不那么金碧辉煌。"朋友问。

"跟想象的差不多,除了光线暗一点。"我反而有些兴奋。

米兰的球迷多数都有套票,所以售票口的位置反而不那么拥挤。我们凑向前,递过欧元。另一头的人抬头看看我们,说:"请出示你们的护照。"

护照？对呀，买票是需要护照的。看球不同于坐公交和地铁，在国外也需要实名制的。可我千真万确地记得，由于安全原因，怕弄丢护照，临出门之前我把它锁进了行李箱。我仍旧不甘心的翻起了背包，万一我当时放错了呢？我想。结果当然是令人失望的，我们没能买成球票。天天背着的护照，偏偏今天没带出来。

"算了。别难过了，陪你去球场边看看吧？你看这里，这么破，连个正经的专卖店都没有，全都推着车卖，要搁国内，都不知道卖的是真的假的。"朋友安慰我说。他猜想我一定是失望透顶。作为从小到大见证了大大小小米兰的辉煌与黯淡的我，在距离圣西罗最近的这一天，被拒之门外的感受，也许旁人真的理解不了。就连我，也以为自己会悔到痛哭流涕。始料未及的是，我并没有，竟然心情还不错。我自我原有，那样一个神圣的地方，不去也罢。就好像我暗恋许久的姑娘突然同意与我交往，我不忍心一上来就脱掉她的衣服一样。就这样安静地看着，已经是莫大的荣幸了。

朋友陪我绕着球场走了几圈，目送大部分人走入球场。米兰这几年已沉入低谷，但对于一支有底蕴的百年球会，几年的小波折丝毫不能影响死忠们对于它的热忱。至于我，曾经不知多少次想过我第一次到达这里时的场景，当我真的来到这里，过去那堆积成塔的无边际的幻想，已经倾斜的摇摇欲坠了。这与我此刻站在场外还是场内毫无关系。

"还不错还不错。"我站在距离体育场不远的地方，试图说服自己。

面对20多年来一心向往的地方，以及对于足球的特殊感情，我的内心比想象的更加脆弱和激动。或许，我需要酒醉一场，醒来后，误以为这只不过是一场残缺的美梦。

"昂达（Honda）！昂达！昂达！"几句清脆悦耳的童声从我身后传来，我扭头过去，是排列整齐的小球迷，从他们的穿着上看，他们是某支少儿足球俱乐部，旁边领着他们入场的，大概是他们的教练，正朝我这边点头示意。小孩儿口中所喊的名字，便是AC米兰阵中的日本球员本田圭佑，因意大利语"H"不发音，所以"Honda"就成了"昂达"。很显然，我这个东方面孔，让他们误认为是日本人了。

点很快连成线，一个声音惹得更多的孩子朝我们喊"本田"的名字。我笑着回应："Forza Milan（加油米兰）！"几个小鬼突然笑着互相捉弄起来。

五味杂陈，被这十分尴尬的一幕搅拌得更加浑浊。胸中那倾斜的塔，被最后一口气吹倒，我再也支撑不住，任泪水淌了出来。

这球场进与不进，我都可以接受，但实在不想让人误以为我是日本人。无奈的是，提起我们中国的球员，除了屈指可数的那几位，又实在没有哪些值得被世界铭记。一个中国普通球迷的孤独感和自卑感，被骤然放大，变成一座大山，从头顶压了下来。我依稀记得1994年世界杯开幕式上，某位解说员眼含热泪说，要等到哪一天，我们的五星红旗才能出现在这里呢？20世纪90年代，中国和日本几乎同时发展起职业足球，二十几年之后，我们不情愿却不得不承认，相比较这个让我们几代人情感纠结的邻国，我们是彻底溃败了。而这种伤感，更在于，我们似乎看不到战胜对手的任何希望。

我示意朋友去球场里面的纪念品区域看看。小商贩拿着本田的球衣招呼我们："来一件吧？20欧元。"我没有停下，又满怀醋意地发现不远处竟然还有卖日本国旗的。终于，我走进了旁边的一辆巨大的房车里，那是一家官方指定的纪念品店，工作人员统一穿着米兰的球迷文化衫，带着工牌。顾客一律前门进，后门出，购买结账按流程走，否则会撞到一起。

"10号球衣，本田的，来一件吗？"工作人员指着挂在最显著位置的球衣问。

"有蒙塔里的吗？"我顿了顿，半开玩笑地说："或者，乔治·维阿的也可以。"

工作人员无奈地摇摇头："只有这上面挂着的这些。"维阿早已经成为过去，墙上挂着的是米兰新的接班人。

轰——

体育场内传来一阵巨大的声响，比赛开始了。

"那给我来件沙拉维的吧。"我心说，随便来个谁的都好，只要不是叫人妒忌的日本人的。衣服拿过来，我下意识地摸了一下胸前的队徽，这个动作，几乎成为了我小学四年级以后，每次买队服的一个习惯。上班挣钱之后，我开始体会到成为一个独立的人的快乐，当然，主要的是经济独立，这意味着我可以自由支配自己的金钱。我买过许多件队服，但这是我自己购买的第一件红黑间条衫，即在圣西罗球场。我知道，它对于我的意义，已经与父亲在街边花 35 元钱给我买的那件截然不同了。

到底谁相面准

坐在我左手边的中年男子不停地看表,他每一次把手放下来,接着用手指弹钢琴似的轮番敲打着扶手,登机时发的报纸已经被他翻了几遍,现在他已经无事可做。飞机已经晚点了,空乘人员做出解释,称室外温度过低,机翼已经结冰。"拜托了,今天一定要晚点 1 个小时以上。"我和朋友在飞机上默默祈祷,旁边的男子听到的话大概会疯掉。这是我唯一一次希望飞机晚点。

我们恰好坐在机翼旁,透过椭圆形的窗子看过去,远处灯光下的集装箱上,满是看不懂的韩国字,机翼原本看不出什么异样,高压水枪把除冰液喷洒过来,空中泛起一片白雾。

平板电脑里的中国足球队员从休息室走出来,下半场比赛开始。这是亚洲杯中国对朝鲜的比赛,在此前的两场比赛,中国队分别战胜了实力占优的沙特和乌兹别克斯坦,说实话,这第三场比赛,完全吊起了我们的兴致。最终结果中国队 2 比 1 取胜,首次取得亚洲杯小组赛的 3 连胜。

飞机的除冰工作结束，滑翔、起飞，巨大的力量把我拽上天空，我望着夜空下的首尔，心满意足地闭上双眼，回想起在韩国的这短暂的时光。

在我漫长的学生时代，首尔一直叫汉城，后来改成首尔，仿佛要跟汉人划清界限。

首尔的冬天比北京还冷，我们拖着行李箱，走过了两个路口，顾不得两边林立的高楼大厦，直奔酒店。到了酒店大堂，放下行李，两个人不由自主地搓起手来。这里的位置不错，周围很安静，往北走大约一站地左右，便是喧闹的明洞商业街。我们住在10层，搭乘电梯上来，温水洗了把脸，才发现外面已经飘起雪花。

对面是办公楼，楼里面没有秘密，身穿正装的人们站起来、坐下去、喝水、打电话，都看得一清二楚。我不禁扑哧一笑，那不就是我几年前的样子吗？这种场景不能多看，若是看得多了，可能会妄自菲薄，误以为别人都在努力，自己却还停滞不前。

换了件挡雪的衣服下楼觅食，刚出门却被风吹了个喷嚏，那鼻涕不擤，几秒就冻在鼻孔里面。

"这天儿够牛B的啊。"朋友从口罩里挤出来的感叹，逆着风传到我耳朵里，也声如游丝那般了。

我眯着眼往前看,路边的大帐篷里点起了灯,外面一个身材魁梧的男人哆哆嗦嗦地抖动着,缩进袖子里的右手拿着满是图画的菜单,看见我们,用熟练的汉语喊:"朋友,里面坐吧?里面暖和。"

我朝他摆摆手,继续往前走。

"你说咱都武装成这样了,他们也能看出是中国人啊?"

朋友问了我也好奇的问题,我只迎合了一句:"啊。"过一会儿,缓过神儿来,我又说:"反正我是分不清楚,看着长得都一样。'疆理虽重海,车书本一家。'倒退一千年,女真人的祖先还有高丽的血统呢,而且最初带领女真走出野蛮的函普,也是高丽人。只不过后来女真建金,高丽干不过,就臣服于金国了。"

"是啊,这一千年,经历了多少事儿,混血也混了多少代了。往上倒几十辈儿,谁能保证自己没有个满族啊,蒙古啊,契丹啊,高丽的血统。"

"嘿嘿,甭说几十辈儿,往上倒两辈儿,我姥姥就是满族的。"我笑着说。

"哟,我说看你气度不凡呢,敢情是宗主国后人啊。得,刚被韩国人看出来了,低调点儿吧,省得下次人家狠狠地宰你一刀。"

玩笑正开着,身子倒暖和了些,我们拐进了一条小吃巷。

韩国物价高，苹果和橙子约合10块钱人民币1个，水果随便一买就是上百元人民币，超市也一样，零食包装精致，只是看到比这天气更加冰冷的价格，就没有什么购买的欲望了。于是两个人什么也没买，在巷子里越走越深。

首尔的小店精致得像书，每一家店铺都有自己的特色，这种特色由外及内，叫人遇了不由得想挨家挨户翻看一遍。建筑的外观是书的封皮，要么用寓意深刻的色彩覆盖，要么靠建筑设计吸引眼球，要么，直接立一些看不懂的雕塑或抽象工艺。店里多是散出暖色的灯光，桌椅摆放紧凑。若是书，内容字里行间应该满是和煦的城中小事。

到了晚饭的时间，空位难寻，大家认识不认识的，全都拥挤在一起，热热闹闹。韩国人吃饭也是很郑重其事的，明明没点多少东西，小盘子摊平一桌，仔细一看全是配菜，待主食端来，桌子上几乎就没有任何闪转腾挪的空间了。若不小心，被旁人碰到，噼噼啪啪叮叮当当的，响声四溢。韩国人说话向来大嗓门，一群人挤在狭小的空间里，为了盖过邻桌的声音，就必须扯着脖子喊，否则谁也听不见谁。纵然如此，他们衣着整洁，行为再窘迫不堪，看上去也还算是清新俊逸的。

走在巷子里，这样的小店看多了，到哪家吃饭，却犯起难来。

不知不觉，雪已经堆在肩上，我晃晃身子，把它们拍打下去。越往前走，人越稀少，灯光越昏暗了。想必我们已是走出了繁华地段。

"碰碰运气,如果右手边第三家饭店有空位,咱们就进去吃吧。"

第一家,第二家,我们这样数着。

"这咖啡厅算吗?"朋友认真地问。

"咖啡应该不算吧?第二家店还没到。"

"韩国就是这样,咖啡厅太多,怎么总有那么多人喝咖啡呢……"我把手插在兜里,嘴里嘀咕着。猛一抬头,发现旁边的矮房子中一位白发老妪正把手伸进泡菜坛子,她一转身,刚好透过橱窗,跟我打一个照面儿。她点着头,咧开嘴冲我笑笑,头顶的白发烫出了卷,根根抖擞,双眸映着橱窗里的光,那笑容慈祥又温暖,想来此生从未经历什么大风大浪。橱窗边,几盆多肉植物成了精妙点缀。若不是旁边有几位食客醉醺醺的走出来,我还以为这是私宅。

我连忙给老人家回个礼,又回头冲朋友急忙说道:"那个,咖啡厅好像应该也算饭店,毕竟人家也是卖三明治和甜点的嘛。"

朋友看出了我的心思,掸了身上的雪,随我进门。

这是家烤肉店,韩国的烤肉出名,看来我们真是来对了地方。店员会说汉语,动作麻利地把肉放在箅子上,呲呲声响起的同时,香溢满屋。

剪成块，就着米饭和大酱汤，囫囵吞下去，品倒是没品出来，只觉得饭量顿时增大了许多，于是又要来一份肉，烤了，照样吃下。

结账的时候，我向店员询问起那位白发老人："她是老板吗？面相真好，像是搞艺术的。"

店员苦笑一声，告诉我们，她40多岁的时候丈夫就死了，不久后双耳失聪。可谁知道，听不见了，反倒没有烦心事了。

老人用微笑送我们离开，那笑容，原来不是没有经历过风浪，而是该经历的，都已经经历了吧。

韩国足球是中国足球的苦主，所以在临行前，我便约好同去的朋友，带上足球装备，旅行放松之余，随便找一块球场活动活动，感受一下韩国的业余足球氛围。

从地图上看，韩国的球场不少，社区里，学校里，到处都是。我们从景福宫出来，沿西侧的道路向北，经过青瓦台，再往北走，会看见相邻不远的3座球场，我们猜，这3座球场中，至少会有1座是可以对外开放的，决定过去试试运气。

雪后的首尔阳光普照，路面上早已没有了积雪，全堆在路两侧，不影响通行。偶一阵风过来，有雪花钻进脖子里，打一个激灵。紧接着又有雪花从树枝上吹下来，四散到周围，像是谁故意撒的水晶屑，为了某次庆典活动一样。

马路对面的警察穿着荧光绿色的制服外套，与两个路过的女生交谈着什么。那女生应该也是韩国人，他们谈了许久，最后相视一笑，离开的时候，女生还不忘回头痴痴地看，警察则走向另一个方向，看不到表情。

这里很像北京，除了建筑小一点，马路窄一点，人少一点，车少一点。

"前面就是青瓦台了，这附近可能查得比较紧。"朋友说着，只见远处一道荧光绿迎面过来，韩国警察配上制服，身材标致，走得近了，才看清楚他的脸，棱角分明，小眼睛细而长，眯成一道缝却仍不苟言笑。他在适当的距离内停下来，朝我们敬了个礼，咕噜咕噜地说起韩语来。

他的话像播报器，只是我一句也听不懂，无奈只好用英语打断他："不好意思，我们不是韩国人。你会说英语吗？"

小眼睛仔细打量了我们一番，用不太流利的英语说："对不起，我想知道，你们从哪来的。"

"中国，北京。"

"从哪个地方过来？"他又问道。

"景福宫。"我们指了指围墙的另一侧,因为刚从那里出来没多久。

"好的,你们要去哪?"他提问的时候总板着脸,有些像审问罪犯,我和朋友回答的倒是轻松。

"我们去踢球啊。"我笑着。之前在北京也遇到过这样盘问的警察,一般聊几句,都能看出来我没有犯罪动机。

"去踢球?"他有些怀疑地打量着我。我感觉不妙,要是直接说去旅行就省事儿多了。"去哪踢球?"他接着问。

我支支吾吾回答不出,因为我确实不知道我们要去的地方叫什么名字,便说:"我不知道那叫什么名字,是前边不远的一个足球场。"与此同时,朋友拿出地图来指给他。

"背包,"他指着我的背包:"打开检查一下。还有护照,也给我一下。"

我按他的要求做,他接过我的护照之后,另一只手伸向背包。"是球鞋。"我说:"我们就去前面踢球。"他戴着手套,胡乱翻开我的护照,问:"你是巴西人?"

"啊?"我怀疑自己的听力出了问题。

"巴——西——人——"他用英文慢慢地说，又把护照举起来看看我的脸。

我探头过去看，心里乐了，荧光绿把我的巴西签证当成护照首页了，巴西人和足球，毫无违和感。无须再解释什么，他痛快地把我们放行了。自始至终他都一副认真的表情。

我和朋友走着，回头见他，又去寻觅其他的路人去了。

我说："不过这哥们儿可真逗，把咱当巴西人了。"

"都应该叫咱酒店楼下那大帐篷饭馆儿的伙计给他们上上课，蒙着面都能给你认出来。""不过，"他接着又说："还好没查我，我可没带装备啊，不然还真不知道怎么解释了。"

"没事儿，有护照就问题不大，还能把咱们逮起来不成。"

踩着日落的时间回酒店，小吃巷子里的人逐渐多了起来，年轻人总是穿的很少，他们宁愿往嘴里放一些热气腾腾的食物，缩着脖子搓着手，边互相打闹着。哈气穿过他们整齐的牙齿，奋力吐出，瞬间飘散。我们走到酒店楼下，对面的写字楼依旧忙碌，每一个格子间都是一个世界，每一颗跳动的心灵都是一个世界。

斜对面点了灯的大帐篷外,一个胖子哆哆嗦嗦地用汉语招呼我们:"朋友,里面坐吧?里面暖和。"

我和朋友相视一笑,朝他大步走过去。

敢问路在何方

我在丽江与阿寻相遇的时候,他正风尘仆仆地推着满是泥土的摩托车走进客栈,旧得发黄的皮夹克紧裹着他略显发福的身体,乍看上去,像这院子被缝上了一块憔悴的补丁。他敛容屏气地抿着嘴,一句"不好意思啊"从杂草一样的胡须里挤出,浑身上下都流露出倦意和歉意。我与阿寻在之前的一次活动中相识,短暂的相聚之后,大家又回到各自的生活轨迹上。此次再聚之前,我们在社交媒体上有过联系,他从厦门出发,骑到丽江,我们在这里参会,会议结束后他还会在附近停留一段时间,再之后,他就奔东南亚方向去了。由于摩托车胎在半路被扎了,他比预计的时间晚到了一天。

阿寻待车比对孩子好。未经任何收拾,他便叼上一支烟,动作麻利地擦起车来。我从他口中得知,他在半路还遭遇了大雪,路过的骑友给了他一条抹布,他就系在脖子上当围巾用。车胎扎了,他推着车子走了将近10里山路,当地人用一辆三轮板儿车把它送到了附近的维修店,"走得远了,你得允许这家伙发点脾气。"他讲述自己的故事,平淡得像这一切都没有发生过一样。

"你就没想过会出事儿么?"我问。

"当然想过。"他把烟头撅灭,四处寻着垃圾桶,我指给他。他就拖着沉重的皮鞋走过去,干瘪的烟头被他弹进去。他叹道:"老子已经无药可救喽!"忽然又一本正经起来:"能出什么事儿呢?在我眼里,世界就是一条又一条的路,老子就是骑着这台车,一条又一条地走。挺简单,挺好的。"

"你怕过什么吗?"我又问。

阿寻想了想说:"怕,我怕的,"他又摸出火机,点上一根烟:"我怕有一天,老子把所有的路都走遍了!"一串浑厚的笑声从他嘴里冒着烟传出来,脸上的褶子像盛典中冲天的礼花弹,炸开了花。阿寻有点疯,他喜欢别人说他不落俗套,抽烟很凶,但不饮酒,说脏话,却不对人,有点色,说明还算健康。阿寻那年40出头,他估计,他还剩10年可活,日子要像兜里的钱一样,盘算好该如何安排,剩下的这10年他要为自己活一次,去冒险,去经历不一样。

我与阿寻不同。

到目前为止,我去过一次还想再去的城市有很多,比如萨拉热窝,比如耶路撒冷,比如国内的瑶里和漠河,大多都是源于"人"的关系,这些地方的人打内心有一种让我留恋的气质,无法抗拒。而西班牙有座叫龙达的小城，也深深地吸引着我，却是因那凶险的悬崖风景。

已经记不得到底是哪天抵达的龙达，只记得，我们从阿利坎特一路驾车过来，迎着西班牙烂漫的阳光。我也无法感受海明威追星似的，千里迢迢来此探望名声显赫的奥德涅斯家族的那般隆重，只知道，龙达很美，有西班牙最悠久的斗牛场。

幸运的是，小镇几乎从未改变，几百年前如此，现在也如此。海明威看到的如此，我看到的，大致也如此——

壮美的山谷齐整地劈开整个小镇，一座几乎就要与这石山融为一体的古老石桥架在两座断崖之间，连接着两个世界，人类古老的文明是从峭壁中发芽开花，眼下连成片的田地中央被几朵庄园点缀，直到那头遥不可及的山峰。山谷中有河水、瀑布的声音，水流量不大，大部分被繁茂的植被覆盖住。有年轻的女孩从山谷里不知什么地方跳上来，身轻如燕，外形俊俏，身在世外桃源，也出落得出尘拔俗。

我向四周望去，对岸的人蝇虫般细小，自己的双脚正站在这高高的断崖之上。这里的地貌可以用"凶险"二字形容。最早决定来这里定居的那群人除非是被追杀，否则一定是疯了。或许，这些龙达人自古就喜欢挑战吧，与凶猛的公牛较量，与这壮美的大自然较量。

我们把车停在石桥边的空地上，古老的斗牛场就在另一侧。刚下车，就听到了震耳欲聋的引擎声,猛烈的柴油味熏天。七八位身穿夹克,体态健硕的摩托手也把车停在我们的车旁边,展览似的,瞬间就吸引了所有人的目光,相机、手机的快门声夹杂着掌声不绝于耳,甚至还有年轻人吹着响哨,不停地喊着"Bravo! Bravo!"我上下打量着这群正接受顶礼膜拜的电影中侠客般的英雄人物,当他们摘下厚重的头盔,我顿时咂舌赞叹起来,也跟着大家鼓起掌来。

——原来这是一群白发苍苍的老人!

"比赛还是拍戏?"我们一行中的朋友用简单的英语问身旁的一位梳着花白辫子的老爷子。

"不,我们只不过来喝杯咖啡。"

身边出现了机车男,自然免不了与阿寻进行一番比较。不同于阿寻的冷酷扮相,这群老人慈眉善目,令我不禁忍不住多看几眼,觉得他们与传统印象中的机车男天差地别。我的偏执让我错误地认为,他们不能笑,不能挥手致意,更不应该说话,才足够符合他们的身份。老人却用行为解释着,真正炫酷的,是他们不服老的心,当他们跨上摩托,发动起油门,本身就是最酷的事儿,别人的看法见鬼去吧。

我猜,一定有不计其数的老摩托车手,是看着《逍遥骑士》这部电影长大的,也一定有大批新摩托车手,是通过切·格瓦拉的《南美丛林日记》培养起来的。当然,也一定有不少尚未去过美国的骑手,把 66 号公路当做毕生心愿的。阿寻就是其中一个。他知道我要去美国西部自驾,于是像老流氓似的发信息给我:你有情人吗?

我回:没有。

他发:你有孩子吗?

我回:没有。

他问:你有宠物吗?

我回:我有只 4 岁多的小公猫。

他发:帮我一忙,像摸你家猫一样,摸一摸 66 号公路。

美国的大城市里,胖子与肌肉男一样多,我在洛杉矶见到过成群的肌肉男,单从他们后背的斜方肌来看,绝非三两年可以练成,他们成群结队等车,像是刚参加完某个活动归来。我在西雅图遇见了个胖子,浑身的肉赘着,就连下巴上的肥肉都堆在胸口,像无骨的软体动物,他无法正常行走,只得坐在专属的"胖人车"里,靠轮胎代替双腿行进。他们固然不想成为胖子,只是这美国人的食谱,叫人惶恐不安。基本上穷人和懒人都很难吃到健康食品,比如我们为了赶时间,天天吃廉价餐,炸鸡、薯条、比萨一类，"IN N OUT"的汉堡也吃过几次，热量不低，不巧味道又还不错，吸毒一样上瘾。

我和几个朋友一起，与满载的行李挤在空间狭小的汽车里，从西雅图一路向南，到旧金山，经1号公路，去莫罗贝，后又误入歧途，来到了内华达州的荒漠之中，顺势去了拉斯维加斯，最后从拉斯维加斯去洛杉矶。高速上全是车，特别是临近大城市的时候，地图上显示的全是红线，我掐表算了，穿越波特兰的用时是将近1个小时。

我们在西雅图与旧金山之间的一个叫做沙斯塔的地方住进了路边的汽车旅馆，是美国公路题材电影中经常可以看到的那种，车停到门口，第二天可以把钥匙投进信箱里直接走人，很方便，很廉价，当然，算不上舒适。

星期五的一整天都在路上，我便靠在窗边观察。美国高速公路上跑的车与中国的截然不同，经常有没去过美国的朋友问，有没有在美国见到豪车。我说美国在一个世纪以前就进入汽车时代了，现在还炫耀汽车，未免过于庸俗。正说着，一辆黑色皮卡拉着一艘游艇就从我们身旁超越了，而这些私家车里的司机，有相当多的一部分都是中老年人。高速路上也有开到时速100多英里的摩托车，细细观察，驾驶者大多也是白丝如雪的老年人。美国老人为何可以活得这般潇洒呢？

阿寻念念不忘的66号公路，却是最后几天从拉斯维加斯到洛杉矶的路途中才发现的了，我们着实费了一番功夫开了上来，找到了一处荒野之中的路标，把车停在旁边。推开车门，40摄氏度的高温迎面袭来。由于附近修了新路，66号公路如今已是鲜有人走了，路面上的一道道裂痕，像阿寻脸上沧桑的纹路。我把照片发给他，他得寸进尺，说："多拍点，我继续睡。"

公路两旁陆续倒退过去的满是废弃的建筑或车辆，它们大多已经变为废墟，殆尽在四季更迭与晨曦落日之中。我们在一处加油站遇到一伙骑着哈雷摩托正要重新上路的老人，像是看到了阿寻未来的身影：在这群老骑士当中，他穿着黑色的T恤，杂草一样的胡须间衔着半根快烧完的雪茄（这里的加油站可以吸烟），骄傲地面向陨落的夕阳。"我怕有一天，老子把所有的路都走遍了！"阿寻的那句疯话和沉重的笑声把我的思绪打开：我们脚下的路，永远也走不完，心里的路若是封上了，把心中所想的路都走遍了，恐怕就再也无路可走了吧。

几天后，阿寻给我留言，说他要"自首"，盗了我的图，并且叫我去看。我看他在社交媒体上转发了个中世纪骑士的准则，用的是我在66号公路上拍的照片，准则如下：

1. I will be kind to the weak.
   （我发誓善待弱者。）
2. I will be brave against the strong.
   （我发誓勇敢地对抗强暴。）

3. I will fight all who do wrong.

   （我发誓抗击一切错误。）

4. I will fight for those who cannot fight.

   （我发誓为手无寸铁的人战斗。）

5. I will help those who call me for help.

   （我发誓帮助任何向我求助的人。）

6. I will harm no woman.

   （我发誓不伤害任何妇人。）

7. I will help my brother knight.

   （我发誓帮助我的兄弟骑士。）

8. I will be true to my friends.

   （我发誓真诚地对待我的朋友。）

9. I will be faithful in love.

   （我发誓将对所爱至死不渝。）

我预感阿寻不止能活到 50 岁。

黑色名片

在我的书柜里，有一个厚厚的名片夹，里面收集着上千张来自世界各地的名片，这些名片都是带温度的，每一张名片的背后，都曾经有一张暖若初恋的面孔短暂地绽放着，那些面孔或真挚动情，或才华横溢，或踌躇满志，大概都是一个人最出色的一面。每次又接到新的名片，在把它们收进名片夹之前，我都会飞快翻过这千余张名片，一幕幕宛若春草沁心至腹的回忆便会在掌心浮现出来。在这些名片之中，有一张黑色单面印刷的最质朴，却在我心中铭下了涂抹不去的印迹。

那是一家咖啡馆的名片。我去过上百家咖啡馆，几乎每家店的名片都别出心裁，要么处心积虑地把自己想要展示的信息罗列在上面，嫌名片不够大。要么在名片外形和质地上苦下功夫，让人看见、摸到都心头一暖，想起那碗浓香的卡布奇诺。与之相形，那张黑色的名片过于质朴，质朴到甚至没有留下电话号码。这不禁让我想起蒙古人出兵花剌子模之前，成吉思汗令耶律楚才写战书，后者学富五车，满腹经纶，洋洋洒洒几千字，大汗觉得太啰唆，于是亲自写下战书，翻译成汉语就是：尔若战，便战！

痛快！我想，这大概也是店家的智慧吧。

咖啡馆在西班牙小城格拉纳达，初到这里的时候，已是傍晚，只看见城很老，不远处摩尔人建立的阿尔汉布拉宫老相册一样的陈列着，先人们把血流进每一块砖里，如今的人每天翻开去看，仿佛能摸到古摩尔人的脉络。有条路从宫殿下山，老人在路边喷泉的石台上悠闲地看报，一只棕色的老狗在地上趴着，估计是看到球队输球的消息，他踢了老狗一脚，嘴里骂着"笨蛋，你这只笨狗！"那狗就换个地方，继续趴着，茫然无措地看着他，偶尔抬一下眼，痴痴看着对面的阳台，心生妒忌。阳台亦是很好的观景台，有人穿着背心，倚靠在布满花纹的栏杆上，大手遮住半张脸吞吐香烟，那人把烟从口中拿下来，满脸灰色的胡茬便露出来，抬头纹底下的眼眸带着光，望向广场中央。年轻人穿着奇装异服在广场聚集着，这些人围成一个圆，中间是当地青年乐团的表演，表演的投入，掌声和叫喊声此起彼伏。不知不觉中，老人与狗已经消失在喷泉边了，灰胡茬的香烟也已经没了，年轻人叫着，直到街上的灯已经点亮。

这昏黄的灯不比香港的神采奕奕，不比墨尔本的虚幻莫测，更不比拉斯维加斯的心潮澎湃。光照在脸上，让我想起童年在前门胡同里吃烤串。那时候北京没有这么多人,我常去的一家烤串,大概是无照经营的,老板就是北京人,跟人合伙开出租,老板娘是下岗工人,两口子每天晚上在胡同口支个摊子,一大一小两张圆桌,八九个凳子与马扎,肉串很大,签子是老板用从自行车厂找的辐条做的,最早3毛钱1串,后来涨到5毛钱。有段时间传出了不法商贩用老鼠肉做假羊肉串的消息,老板喝着二锅头对老板娘说:"这不是害人吗?这种人得枪毙。"

我在满是石头路的巷子里找到了家露天餐馆,点了类似Kebab样式的街头小吃,坐在门外的小巷子里,塑料桌子和塑料椅子,挪一下椅子,地上的石砖泛着光亮。扮相妖娆的黑人到处推销他们的CD音乐,便宜,竟然还可以试听和讲价。配菜比Kebab好吃,我吃完了盘子里最后一粒橄榄。

翌日,叫醒我的除了尿意,还有阳光。酒店是木板地,踩在上面嘎吱嘎吱,好像穿越到民国题材的老电影里。窗外正飘过来一大片云,悬在教堂顶上,广场和临近的建筑便埋在了阴影里,视线可以看到很远,人很小,城市很小,只在视野里占很小的一部分,群山木林连天,通往浩瀚宇宙。

我漫步在小城中,看飞鸟在空中自由穿梭,也看见两只猫在草地边龇牙咧嘴地茌架,二位都动了火气,毛都滋着,双眼怒视对方,嘴里发出"嘶嘶"的声音。我觉着有意思,以为它们会打起来,就在旁边坐了下来,猫足够有耐心,15分钟后才决出胜负,没有动武,落败一方仓皇而逃,不知它们之间发生了什么。过了一会儿，游行的队伍来了，百余人举着横幅标语，走在格拉纳达最宽阔的一条大街上，领头的是个慷慨激昂的女人，拿着喇叭不停地喊着同样的话，游行者也义愤填膺，挥舞着手中的标语和拳头，声音传到几十里以外。警察在旁边开道，表情并不严肃。我看着有意思，在这里人和动物都活得自在。

在城中停停走走，早已忘了时间，唯一可以感知到的是，阳光又拉长了万物的影子，行人又开始繁忙起来，天气渐凉，我又披上了外衣，肚子饿了。大街小巷里能关门的都关上了门，只留橱窗里的灯亮起来。每个橱窗都是一个精美的舞台，赏心悦目之后，亦能唤起人们内心的某种情感、情怀或是心中的某种情结。好比前女友看见漂亮的鞋子会想起心中乘着南瓜车的灰姑娘。我看见无论多么高端的自行车店，都会想那车轮的辐条做成烤串签子时的样子，在心中翻滚起烤串的孜然香。无论如何，这橱窗大抵传达的都是些美好的信息。

忘了东南西北，我七拐八拐地走进了一条悠长黑暗的巷子。巷口不远有一棵大树，树下无人，并不热闹，附近似乎是家属区，也无餐厅。正饿得心慌，巷子中出现了一扇不大的门，门外面还挂着一层厚厚的深色布帘，没有窗户，也没有灯光透出来，门框旁边有个黑色的牌子，仔细看才能看到上面写着的是"BOHEMIA"，"薄荷——咪亚"我顺口念了出来。难道是情色场所？在这一秒钟，我产生过如此的想法，但在紧接着的下一秒，我便否定了这个猜测，谁会愿意把情色场所开在这么窄仄的地方呢。不会是餐厅，如果我是老板，恨不得把门拆了，让所有人都踏破门槛才是。也可能是没有开门吧。我胡乱揣测。

不抱希望地推推门，门竟然开了，咖啡香气扑鼻，耳中传来轻柔的音乐，迫不及待看过去，店中的装潢布局令人大吃一惊，狭小的空间内分成3个区域，靠近门口的是吧台区，在吧台附近也可以坐人，往里走是中间的区域，大概摆放了五六张小桌子，里面还有一个相对私密的空间，只有2张桌子和1张沙发，每个区域都几乎坐满了人，大家有说有笑，却并不喧闹。店里的灯光并不明亮，看不清细小的拉丁文字，反而让听觉更加敏锐起来。才发现，墙上、柜子上贴着的并非瓷砖，而是密密麻麻的复古音乐唱片和明星海报，这数量起码有上千张！除此之外，在店里的许多地方，也陈列着诸如老打字机、双反相机、电话等老物件。这是一家以复古音乐为主题的咖啡厅！

年轻的店长是缩小了的保罗加索尔，棕色的胡子长了满脸，也挡不住他阳光帅气的面容。他看到我目瞪口呆的样子，似乎很是得意，笑逐颜开地盘问我的情况，在得知我来自中国之后，他从裤兜里摸出自己的手机，居然是某中国品牌。他没去过中国，"朋友从上海给我带的。"他笑着说："很好用！"他叫"胡安"，西语的发音接近汉语的"黄"，我叫他小黄，他把

笔纸拿过来，认真地问我应该怎么写，学会了，以后就有中文名了。

我不常喝咖啡，且去过的咖啡馆，多半都在国外走投无路时进去休

息或是蹭网，我喜欢苦多余甜，所以我一般喝 Double espresso，第一口最烫，不放糖，来一小口，然后就觉得吃什么都甜了。

小黄最后才想起给我名片来，临走时，他把名片递给我，郑重其事地向我道谢，那名片是我见过的最简单的，黑色单面印刷，上面有一盏小小的台灯作为标识，除此之外，便只有名字和地址，地址也很简单，只有2个单词和1个数字，包含街道名和门牌号而已。简洁得就像是这家店黑乎乎的门口。

"没有电话？"

"没有，我们这店里一直就没有固定电话。"小黄尴尬地笑着。

我推断，这家咖啡店，或许本就不想被人发现吧？犹如中了头彩的人，恨不得与外界断开往来，誓死守护着自己眼前的珍宝。像一本好书，封面设计和装帧朴素而简约，翻开内容，却是令读者心灵震撼的文字；也像一碗滋补浓汤，食材和香料全留在锅里，碗里的汤水才熬得清香且充满营养；又像成吉思汗的战书，短短几字，什么仇恨、智慧、誓言、激励、信仰、荣耀……全都包括在内了。

后来我知道，"BOHEMIA"是"波西米亚"的意思，我把BOHEMIA的故事讲给我前同事，前同事说："够酷，活明白了。"又把它讲给一位信道教的朋友，朋友说："妙！无为而无不为。"还把它讲给自来熟的出租司机，出租司机说："牛，像我以前抽过的大前门。"

瞳晦不明的路灯，是格拉纳达这座城给我留下的最深印象，那石板路发着光，每一块都像一张装满故事的 CD，像我收藏的名片。那些名片若是活人，我家定每日高朋满座，那些石块若是人，我隔着眼前的路仿佛能摸到摩尔人的心跳。

我又想起小时候的烤串。装腔作势，如今大栅栏已经装的像影视基地了。

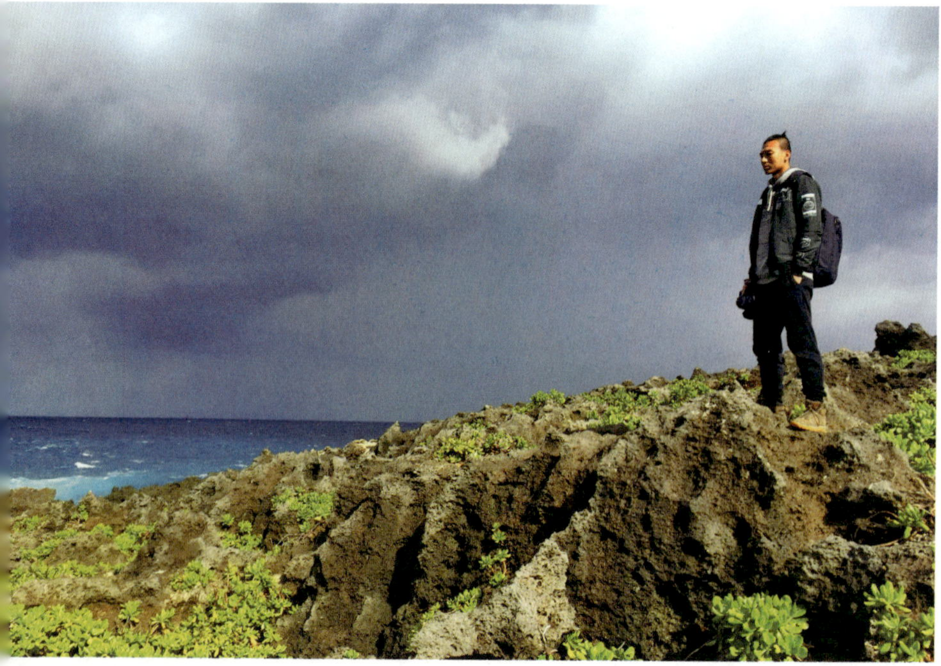

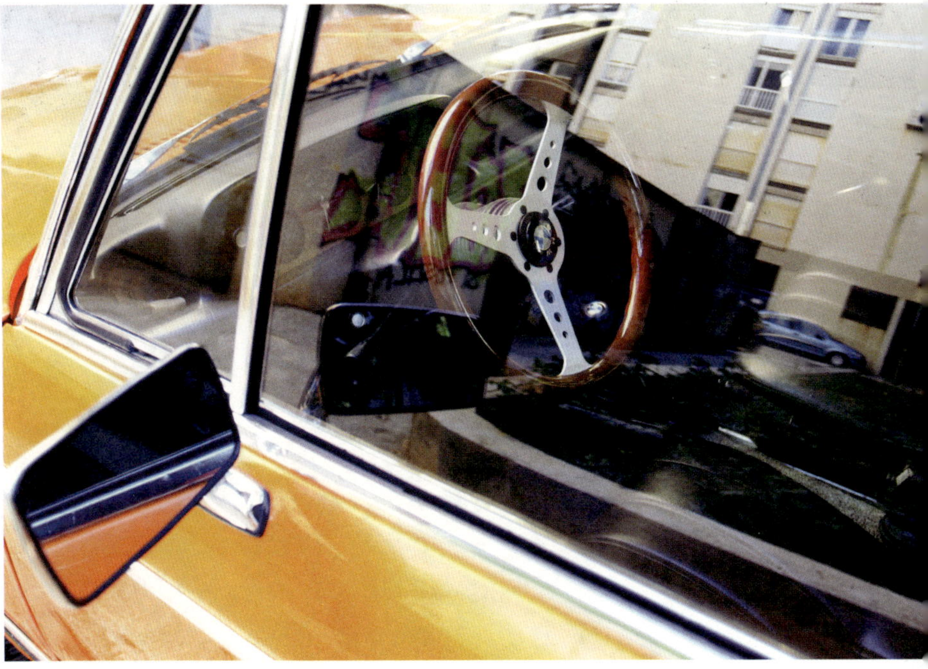

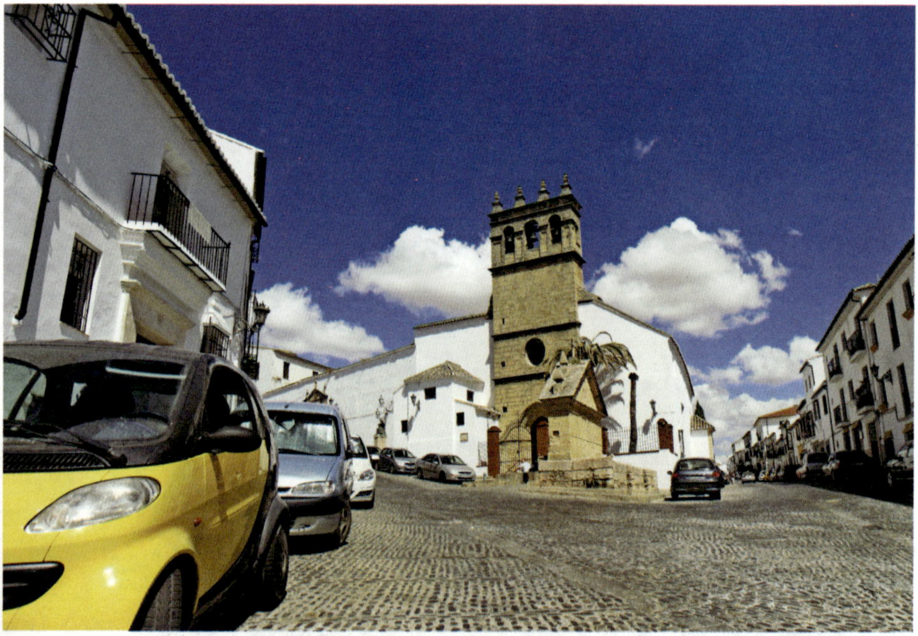

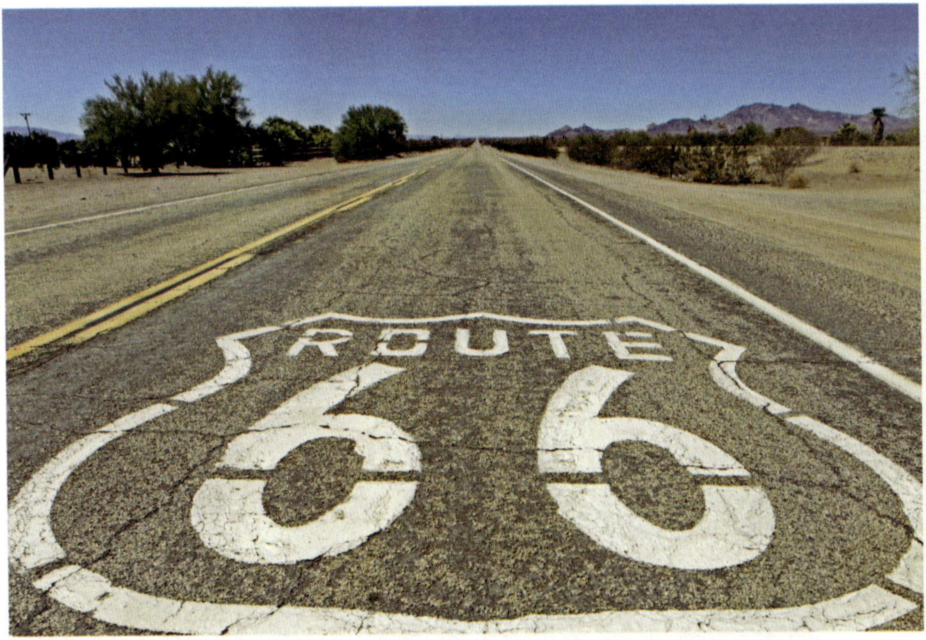
ROUTE
66

自我

我不知不觉
走在了
光明的身前

任它穿透我的躯体
照亮前行的路

我随遇而安
停靠在
湖畔的臂弯

在那有芳香和蜜蜂
且有你的地方

始终孤傲独行

跟生活较什么劲

一个人走在塞维利亚幽静的夜晚小路上，穿过大大小小的教堂与广场，见得三三两两的中年男子穿着皮夹克和牛仔裤，坐在街边的高凳上喝酒侃大山。倘若路再稍微宽一些，电线多一些，再修几个臭气四溢的公共厕所，这里就流起了北京胡同的血。

胡乱撞进一处闹市，正装男子们都松开领带，女人们随着音乐的节奏扭动着丰腴的身姿，问他们为何这里聚集了这么多人，一位披肩长发的女生眨着明亮的眸回答："因为这里的啤酒1欧元一瓶。"问他们是否每日都如此欢快，女生点点头，用俗话翻译过来便是，"我穷逼我乐呵"。

2010年起，我在国内最好的公关公司做了两年，与同事们吃遍了酒仙桥一带的馆子，来来回回见识过无数老同事离职，新同事涌入，80后不够使了，90后出现了，我不再年轻了，有人叫我"大叔"了，"鲜肉"和美女在年会上跃跃欲试，舞台昏暗的灯光下，跳动着的除了头发和心脏，还有雌性雄性荷尔蒙。手下的客户与他们的产品一样，品类繁多，有飞扬跋扈型的，出钱大方，但目中无人，生在古代大概是宋军葛怀敏一类，定川寨之役轻敌冒进自以为是；有足智多谋型的，问题总要在我们之前一步想到，控制欲强，方案早已成竹于胸，与公关合作大多只是需要一个项目执行者而已；有斤斤计较囧傻呆萌型的，装傻充愣卖萌就为占点便宜，多给它发几篇稿子，抑或是多出一些方案，你不催，他永远记不得打款时间；有示弱撒娇型的，任性起来半夜2点打一电话，问关于水煮鱼放多少辣椒合适或是出差一星期见不到小狗，它会不会孤独之类的智障问题的。尽管如此，我自认为自己与客户和同事都相处得不错，以至于在最后离职的时候，坐在我空空如也的办公桌上留恋许久，希望将来坐在我这把椅子上的，至少是一位可塑之才。

一直以来，我心中纠缠着一个没有答案的问题和一句叫人血脉贲张的话。问题是：为何我整日如此劳碌，却还看不到成功的希望，那我还要不要如此努力。我觉得时间对我来说是奢侈品，一分一秒都不舍浪费，如果有哪次大恭没带手机观看社会新闻和电子读物，我心中便会焦虑不安，挣了点小钱，却不得已推辞了各种各样的聚会，疏远了亲朋。一句话或许可以看作答案：那些比你强的人都比你努力，你有什么理由不努力。不幸的是，这句话让我在30岁以前这段据说是人生最美好的10年里，活得窘迫不堪。

我经常主动或者被动地陷入强迫自己做点什么事情的境地。好比在一天之内看完一本书；在年初立下目标，计划这一年中要走哪些城市；在多短的时间内骑车从家到单位，并且在路上背多少个拗口的英文单词；

曾经做编辑时，不得不迫于绩效压力，日渐提升的点击量。然而胡乱翻过的书大多已经忘光，匆匆走过的城市未必全都带着欣喜；背的那些单词大多因为不常用逐渐生疏；工作的业绩提升了，文章的质量必然下降。我不但与自己比，更乐忠于与别人比。在西三环与偶遇的山地车手赛车，在球场上盯防对手的黑人外援，甚至在出国旅行上厕所的时候，也一定要比身旁的老外尿的时间长一些才肯提上裤子。

端着啤酒瓶的少女扭着屁股跟好友挤进人群跳舞去了，在成排的酒吧门前的空地上，他们跳的是广场舞，与中国不同的是，动作永远不会整齐划一，低龄化。女孩邀请我过去，只可惜我第二天就要离开塞维利亚，想多感受一下这座城市的魅力。载着些许遗憾，我一个人走向黑暗的街道里，音乐的主旋律逐渐消逝，随后鼓点也被萧瑟的秋风埋葬。想来这里的街道大多是存一份宁静的，即使是有演出，也是深藏在迷宫深处。

几个小时之前，我在某个逼仄古巷的小酒馆里，看了一场弗拉门戈舞的演出。票是提前预订的，酒馆实在不好找，我用卫星地图搜着，沿着七扭八歪的小巷，走岔两三次，最后估计是找到了目的地，店还没开，西班牙人许多店铺下午都会有一个漫长而放荡不羁的午休。与稀少的路人反复确认过，这里就是我要找的地方。于是去附近闲逛，掐着点入场。

酒馆的门不大，却很厚重，需使比平时大两倍的力气将门打开，我迈步进去，门吱啦一声自动撞上，像杠铃落地，也像是巨石卡进了窄缝。酒馆内部也不大，昏暗的灯光下，六七张桌子整齐地摆在眼前，桌子上桌布如雪，刀叉酒杯已经陈列就绪，烛台点燃。我赶紧落座。正前方是个 20 平方米大小的舞台，舞台上铺着绛红色的布。服务员能讲流利的英语，动作麻利且悄无声息，水杯被他倒满，紧接着红酒流入高脚杯中，头盘按照事先的预定上齐。他问我看没看过弗拉门戈舞，我回答说在国内看过，他知道我是中国人，说今天的这些演员，也去过中国的北京、上海，除此他们还去过几十个国家演出，是难得的艺术家。

顶灯熄灭，舞台点亮。旋律由慢及快的吉他声响起，神情哀伤的女演员似乎是驾着马出来，手里的木板与脚下的鞋马蹄般飞舞出或快或慢的节奏，闪着光芒的红色长裙在舞台上奋力翻滚，配合着灯光和吉他伴奏抑扬顿挫的变化，传递着严肃而又神圣的故事。男演员身着白衬衫和深色马甲，健硕的肌肉透过衬衫，每一个动作都刚健有力，像是与谁比武。他们就在我身前不到 3 米的地方，偶然间裙摆划过桌角，刚要去扶酒杯，杯中酒却根本未起波澜，激起一片"Ole ole"的热烈叫喊声。

演员岁数都不算小，也许是生活在安达卢西亚的吉普赛人，他们专注地跳着、唱着，脸上的每一根皱纹都抖擞着，像去争夺什么要命的东西。晚餐断断续续地吃，直到甜点上罢，演出终于结束，掌声不息。演员们谢场时，他们的脸上才终于露出微笑，却已是疲惫不堪，大汗淋漓了。我特意买了一本弗拉门戈的简介，封面上印着的图片，就是方才舞台上的演员。上面写着，在 15 世纪后半叶，吉普赛人来到西班牙，但却遭受到当时政府的歧视和排挤，政府把他们发配到偏远山区以农耕为生，甚至禁止他们说母语的自由，他们中有部分人忍受着屈辱留下了，也有人与犹太人一样，继续着颠沛流离的生活。我想，这大概是他们悲伤与力量的源泉吧。

　　桌布被撤下，我几乎是最后一个离开酒馆，推开门，却被眼前的一幕惊住了。演员们已经七扭八歪地瘫坐在这个狭小的街道边上了，男人手里攥着汉堡一类的简餐，或是端着盘子里的沙拉狼吞虎咽着。那个忧伤的女郎，正散开着头发，把双手交叉在胸前，吸着烟，若有所思，却显得更加苍老。从舞台下来以后，他们就成了贝洛奥里藏特那残破的贫民窟边散发着臭气的被遗弃的布偶，至少，我心中的艺术家不应如此。

　　"为什么不去里面吃呢？"我随口问。

　　女郎回答："这里已经很好了。"他们笑着朝我示意。

　　我在幽静的街道中若有所思地走着，然后胡乱撞进一处闹市，正装男子们都松开领带，女人们随着音乐的节奏扭动着丰腴的身姿。用英语问他们为何这里聚集了这么多人，一位披肩长发的女生眨着明亮的眸回答："因为这里的啤酒1欧元1瓶。"后来我问她关于吉普赛女郎的事情，她认真地告诉我，她印象中的吉普赛人很快乐，他们不攒钱，也不愁钱，是真正及时行乐的人。我说这跟弗拉门戈舞蹈简介上写的不一致。女孩说："也许是现在的他们已经看破红尘了呢。"她转去身和朋友们说笑着，用西班牙语聊一些我不懂的话题。我想也是，如果外星生命不远几万光年来到地球，我才不会恐慌，更不会去做任何多此一举的抵抗！我会把我最爱吃的拿出来与他们分享，然后等着他们宣判是处死我还是接受我。

黑暗之中望见一缕光，寻过去，是家 24 小时营业的中国超市，面积不大，货物齐全，只是货架摆放的比较随意，像国内三四线城市的小卖铺。收银员是个年轻的小伙子，瘦高个儿，没有工作的时候便在玩手机。我问他："这边生意怎么样？"他操着广东腔的普通话道："不好做。"

"可毕竟还是中国人勤劳啊，24 小时营业。"

"营业要费电啦，你也看得到，又没人来买东西。西班牙人没钱的，几瓶水，几袋零食，没得赚。"

一次偶然的机会，我在网上发现，西班牙竟然在 20 世纪 60 年代通过了一项奇葩的法律，规定酒吧必须在午夜关门，因为这个国家接近半数的人口（当然，很大一部分"始作俑者"是吉普赛人）每天狂欢到清晨，严重影响了第二天的工作效率。从这个角度看，慵懒的他们与勤奋的中国人或许就是世界的阴阳两极吧。儒家《中庸》讲究"过犹不及"，不正提醒着我们，做人做事要适度、得当吗？这让我想起健身增肌的基本常识，强度大了会损伤肌肉，强度小了又达不到肌肉撕裂的效果，练完以后还要拥有充足的休息和营养补充，急不得，因为肌肉可是在休息时生长的。

辞职之后，我已看过 4 次叶落和冬雪纷飞，酒仙桥附近的老馆子，大多都拆了，又翻修了新的馆子，均价从 15 元涨到了 35 元。我的山地车被偷了，报警也无济于事。球场上的自己已经无法与年轻力壮的老黑对抗，于是把他说服加入了我们的球队，他说葡语，是安哥拉人，比赛总迟到，理由不是约会就是睡过头了。排水量还算尚可，依旧可以骄傲地战胜身旁的老外。只不过，年过而立，我才终于开始知道，我这可怜的自尊心和扭曲的好胜心，早晚会败在生活脚下。这诚然是一件大好事儿。

忽忆得明代文学家杨慎的词——

滚滚长江东逝水，浪花淘尽英雄。是非成败转头空。青山依旧在，几度夕阳红。

白发渔樵江渚上，惯看秋月春风。一壶浊酒喜相逢。古今多少事，都付笑谈中。

孤独行路

Nari 兴致勃勃地用并不熟练的中文向我介绍着米尔福德（Milford）步道时，天上正下着大雨，她背着高过头的背包，把自己裹得只露出眼睛和鼻子。她是带领我们这群各国徒步爱好者穿越步道的向导之一，个子不高，面容清秀，说起话来像清晨欢快的小鸟，抑扬顿挫很有节奏。她来自韩国丽水，除了韩语以外，她会英文，以及一点点中文，所以深得中韩游人喜爱，她也乐此不疲地在这些游人之间忙碌着，谁有问题就唤她的名，她便迎合一声，先把微笑与声音环绕着送出去，紧接着再一路小跑过去。从后面看，那与其瘦小的身段极不相匹配的硕大背包，完全遮住了女孩的上身，似乎是背包生了腿，一颠一颠的，沉重却又迅速地向丛林深处跳跃过去。

"过了前面那片树林，我们就算进入步道了。"Nari 冲我乐着，顾不上周围的景色。这条路她之前走过两次，作为向导，她还完完全全算得上是一位新人。

"就没有网络了吗？"我担心地问。

"对，要 5 天才可以到有信号的地方。"她依旧眯着眼笑，又很快看出我的忧虑："步道就在前面了，你居然还管网络的事情。"她咧着嘴摇头，对我表示无药可救，不一会儿想出来一个恰到好处的成语："不可思议，真是不可思议。"

我想，我大概是有些不大正常，这条步道，全世界每天只有寥寥几百人可以进入，我们花了 20 多个小时从北京经两次转机到皇后镇，又驱车几小时，坐船 1 小时过来，上岸的时候大家都给自己的鞋消了毒，防止带去虫子和未知的种子。米尔福德是美丽的，即使下雨，几十米以外的景色全被披上一层迷雾。这雾是恰到好处的，我想，它定是担心我的双眼应接不暇，故意罩去一大片景色，那浅浅的轮廓大概是山，那沙沙的声音大致是河，那树上啼叫着的，是不知名不见身影的鸟。尽管如此，我的思绪沉重，总觉得有什么事情没有了断，像大便后没擦屁股便提上裤子，抑或跑完步没有冲澡就直接上床睡觉一样别扭。于是放下背包，掏出手机，熟练地找出社交媒体，发了我的近况，我告诉他们，我将失联 5 天，请大家不要报警，另外，所有的留言我都会在有信号之后回复。之后还不放心，我自拍了一张照片，浑身裹着雨衣，头上应该还由于出汗，冒着白烟。

把手机收起来，我依旧未能安心。不算未曾谋面的，我手机里的联系人有 3000 多元，手机整日繁忙，我特地给设置成静音状态，倒也极少有漏接的电话，除了睡觉和踢球，手机基本就撩在我视线范围之内。我经常与友人炫耀，现在手机就足以处理我日常百分之八十的工作了，我很得意。我觉得自己已经习惯了喧闹和繁忙，也曾遇到过出门着急，忘带手机的情况，坐车时双手变得无所事事，总觉得像患了多动症，不知放哪才好。

我快跑几步跟上队伍，怀着一颗惴惴不安的心，想象这几天自己独行在这山河丛林间，赏美景、看日落、爬雪山、吃喝拉撒，甚至死也没人知道。至少是亲朋不会第一时间知道。"白兔捣药秋复春，嫦娥孤栖与谁邻？"那该是多么孤独。

雨下到傍晚就停了，雾拉幕般缓缓散开，可以站人的地方满是青草。草很硬，上面挂着方才淋上的水滴，闪耀着光芒，像优雅炫目的珠宝。那河恰好穿过我们的营地，水湍急，扭着身子，赶着去丛林深处赴宴。近处的山长满绿植，镇着河中众生，远处的山顶迎着夕阳的辉闪闪发光，我痴痴地望，好一会儿才反应上来——是雪。在营地前的草地上来回走了几趟，裤腿便沾上了泥水。石子路边有群蚂蚁，成一条直线默默行走，绿叶上的一滴水滴到它们前方，领头的那只抖抖触角，停下来，大家都不动了，几秒钟后，又继续前行。忽想起小时候戏弄蚁群，我用石块挡住这小生灵的去路，它们无力反抗，只得千里迢迢地绕开"巨石"了。

晚餐出乎预料的丰盛，分头盘、主菜和甜点，此外，还有不限量的红酒、饮料和水果。与一般西式餐厅并无太大差别。没有手机，吃完晚餐就不知该做什么了，营地的发电机到了 10 点不再工作，我枕在松软的枕头上，好奇这里既然没有电，团队总共 50 个人的餐食是如何来的，也不知未来几天是否依然如此。月光照进床头，浑身肌肉一松，就着昆虫的鸣，入了睡。

此后的几天都是晴天，随着行走，丰富多样的景色映入眼帘，这里就是一座世界景观的杂货铺，店家任性，非要把雪山、雨林、溪水、湖泊等等不相干的货品全置于一堆。游人一次性把这些全看了，连连称奇。雨林的路段是最好走的，地势较平，两边接连出现长满苔藓的老树，有的枝干折断，成了残疾，有的干脆被拦腰斩断，挡住去路，年轻力壮的手脚并用先翻过去，打算拉年长的翻越，Nari 就把旁边的枝杈折断，清理出一个小洞，大家顺着洞钻过来，省时省力且更加安全。一路过去，遇到许多折断的大树，树干附着厚厚的苔藓，这显然不是人为，大家惊叹起小小青苔的威力来。

路越难走，队伍越是分散，好在向导不止一人，大家均平安无事。行至一片山谷的时候，我身边便只剩下几位从国内同去的朋友，三两个韩国游客，以及 Nari 了。韩国人岁数不小，英语都不太好，有 Nari 在，交流很是方便。她告诉我，韩国人好奇路边的牌子写的是什么，她就告诉他们，这里到了雪崩常发的区域，请大家小心。韩国人肢体语言丰富，眼前身背大包的女孩被他们唤来唤去，终不小心，在大家的尖叫声中跌进了一个半米深的沟里，背包垫在下面，四肢无助得像翻了个儿的乌龟胡乱划拉着。我和另一位韩国男子离着最近，连忙扶向导上来，大家围上来询问情况。她小腿破了几道口子，血很快渗了出来。她卸下背包，熟练地找出药箱，简单地消毒之后，为自己包扎起来。再回头看那沟，边缘布满杂草，简直是天然的陷阱。

Nari拍拍身上的土，连说"出丑了出丑了"（大概她要说"出糗了"，发音不大准确），随即用韩文表达着同样的意思。我把背包给她递过去，那大家伙在我双手里秤砣一样坠着，起码有15公斤重。徒步中的背包，每增加1公斤，对于膝盖来说是很大的负荷，平日里不嫌沉的负重，时间一久就成了可怕的负担。于是我问她，里面装了什么。她直言不讳，说是背了大家晚餐中一些必需的食材。我这才豁然开朗，我们的餐食，都是这几名向导一路背过来的！

行至一处平地，初夏晌午的阳光正暖，索性歇息了吧，大家找了块干草地，铺上雨衣和防水袋，把能吃的都堆上去，周围有几块平整的石头，把屁股搁上去，凉丝丝的，比板凳舒服。正解决着肠胃的问题，天空中突然清脆一声巨响，咔嚓——很快，这声音在山谷中回荡起来，我抬头望天，晴空万里的，丝毫没有下雷阵雨的迹象，再看远处树林中，生了翅膀的全被惊起，乌泱乌泱地朝我们这边飞过来。声音开始变得低沉，轰隆隆的，像火车进了隧道，又像是巨鼓松了皮，心脏连着颤抖，抱怨受到了惊动。

大家向山顶望去，一大片积雪就从上面断裂开来，缓缓地砸下来，几秒后声音传来，又是一声带着回音的巨响，所有人惊呼起来，都端着自己的饭盆，保持着刚才吃饭时的姿势，一动不动，口里有食的，也忘记了咀嚼吞咽，那么张着嘴傻看着。我们距离"案发现场"有两三公里，雪崩到最后的时候，倒显得温柔多了，那雪汇集成一条细线，瀑布那般流下来，形成"嚓嚓"的声音。我这才反应过来，连忙举起相机，胡乱按了几张。原本以为提示牌上的雪崩只是极小概率事件，想不到真的就在眼前发生了。我不禁想，我们会不会不知不觉间被当作蚂蚁，被某个庞大的神人顽皮地戏弄了，他控制着山崩地裂火山海啸，我们呢，与蚂蚁撞见水滴一样，傻乎乎地惊叹着，彼此经历了心灵的冲击，小生活变得波澜壮阔起来。

这样的雪崩，我们一天见了 3 次。Nari 说，今天的营地比前几天的更好，翻过前面一座山，如果抵达营地早的话，我们可以去 5 公里以外的地方看看瀑布，至于那瀑布什么样，她没提，只是说不去可惜。

我偶尔还会翻看一眼手机，不过那大多是在人际交流中尴尬症泛起的时候，我把头钻进手机里，假装一切与我毫不相干的样子。除此以外，手机的功能就是闹钟和时间。我在内心里反复思考，是不是这就算已经喜欢上了这种"孤独"的生活。丛林之中，有山体滑坡和泥石流经过的痕迹，我们沿着碎石或万千树干躺下的路一直走，终于抵达营地。听见了瀑布的声音，当然，依然要去找寻的。

阳光从斑驳的树叶中渗透下来，照在地上像波光粼粼的水面。恍惚间我像是回到了童年，回到了那个朋友不多，没有手机的年代。青年约会的时候喜欢说"不见不散"，约好了时间，就去赴，直到对方出现。若忘了赴约或临时变更，便可能成了"放鸽子"的罪人，旧时候的鸽子比起现在，总归是要多许多的。不甘寂寞的小孩子，上学前总要跑到另一栋楼前，大声地呼喊住在某层的发小的名字，直到楼上的孩子推窗应答，两人随即聊着圈子不大的那点事儿，上学去。那是内心丰富并且知足的时光。

后来，我们的世界打开了，朋友多了，手机上滴滴答答，信息如雨，却再也找不到儿时那三五个，一叫便出来的伙伴了。"相识满天下，知心能几人"，大家各为各自的事情所牵绊。当初的好友，还没走到你的窗下，即被其他的事情拖住，迷上了岔路，最终化作几行淡漠的方块字。

缺少，才格外害怕失去，孤独，才不舍孑然一人。隐居深山的人，其内心往往是多彩的。原来，喧嚣中的我才是一个孤独的人。

匆匆忙忙的 Nari 已经独自一人从瀑布那边回来，打算回营地为大家准备晚餐去了。她兴高采烈地说："水很大，小心相机！"她鸟儿一样地跳着，背包没在身上，绷带也不见了，似乎腿伤已经痊愈。

"好！"我应着。

你有信封吗

我对菲利普的第一印象并不好,尽管那时我还没有见到他。

悬着一颗心,降落在里约热内卢加利昂国际机场的时候,已经是当地的下午3点钟。我给菲利普打电话,第一遍无人接听,再拨过去,听筒里响起一个懒散的声音让我们稍等片刻。看着机场到达大厅中的人们相遇、拥抱、亲吻,一个个都被接走,我像幼儿园放学急切等待家长的孩子,心中有些惴惴不安。怕是他们没有找到,再次去了一个电话,跟电话那边的人确定了我的地点,对方慢条斯理地给出了同样的答复。

我与朋友是带着拍摄世界杯的任务来到巴西的,为了能够更好地完成任务,邀请我的公司动用了里约分公司的资源。菲利普全名叫菲利普·奥利维拉,是我们此行的接待人员,在出发之前,我已经反复确认,下了飞机联系此人便好，他会接机，并且为我们安排好住宿、饮食、交通等一切的行程。眼下又十几分钟过去了，机场外面的天色逐渐阴沉下来，警察在我们身边徘徊，留意我们是否有异常举动，我拿起电话又放下，想对方是有反复与我确认航班信息的，不知是哪个环节出了问题。电话响了，我迫不及待地接起来，那头的声音却让我们自己打车去酒店。

什么？自己过去？那还耽误咱们这么半天。大家埋怨起巴西人的工作态度来。曾有幸去过一些其他国家工作，接待人员恨不得提前半天就守在机场，举着旗子列好阵，载歌载舞地欢迎了。我们拖着硕大的行李箱，硬撑着30个小时没有休息的双眼，逼不得已在路边乘了出租车。这感觉就像是憋了一泡尿回家，到家之后汲汲忙忙拉开裤门准备畅快一下，却发现卫生间大门紧闭，已经有人率先占用了。

车开到半路，天已经变得深蓝，几分钟之后，周围全部黑了下来。看看手表，也才只是下午4点多钟。不敢睡觉，把车窗打开，让凉风灌进自己的脖领。路边不时能够看到的关于足球的醒目的广告牌，提醒着我们，此时世界杯小组赛的战火已经点燃：巴西揭幕战挑落格子军团克罗地亚，荷兰、法国、阿根廷诸强也顺利取得开门红，三狮军团则输给了意大利。我在车上想着，无论如何，足球带给我的快乐依旧是无可替代的，疲惫之余，也多了几分知足。越接近酒店，车速越慢，游客都给穿上自己国家队的队服，一眼看过去，便知谁是哪国人。当然，这里面，巴西队服最多。

91

总算是抵达酒店，办理入住的各国游客排成长队，让本就人手不足的前台忙得不可开交，我给菲利普打电话，等了好一会，下来3位穿制服的人，其中1位高高大大的男子咧嘴笑起来，若无其事地朝我们挥手，另外两位跟在后面，也迎合着笑。出于礼貌，我不但握了手，甚至装出很激动的样子。

大个子是菲利普，手掌很厚，会说中文。他说，今天你们的任务，就是休息。之后用葡语与前台说了句话，把房卡递到我们手里。待我们整理好行李准备上楼时，没有道别的机会，3人已经消失不见了。

这就是所谓的"巴西式迎接"吗？或许我们对巴西人的期望值太高了，或许他们一贯的作风便是这样，按照自己的节奏生活、做事，并不会因为某些盛会的到来而改变，也不会把远道而来的客人奉为贵人。

我趴在床上，胡乱翻着手机新闻，看看因洲际飞行而漏掉的重要新闻。我想，大概我们是距离巴西最远的国家了吧，又想，现在真是一刻也离不开手机，才仅仅脱离社会30个钟头，思绪便有些跟不上节奏，再加上昼夜颠倒的时差换算，很是需要适应一段时间。

"一会儿有巴西队比赛。"朋友攥着手机，欢忻鼓舞地说。大家提议出去买点吃的，趁比赛开始之前，填充一下受了委屈的胃。

我们住在繁华的市中心，周边几里外是著名的科帕卡巴纳海滩，背朝海岸线行走,却找不到任何正在营业的店铺,行人和车辆也隐去,刚才还喧闹的近乎疯狂的城市,一下子死一样寂静。海风拂过,泛起不知是谁留下的纸花碎片,它们在街头翻滚,又随风四散,让这街更显萧凄。偶有流浪狗孤零零地穿过马路,它望着我们,正如我们打量着它。交通灯照样运转,只是已无人前来遵守了。这城市一隅,像是经历了一场浩劫,而我们,望眼欲穿的寻找其他的幸存者。

穿过几个街区,远远地望见一处黄色建筑亮着灯,是加油站。沿着灯光寻过去,走近一看,我乐了:只见加油站内,五六个彪形大汉捧着硕大的肚子,随意坐在砖头大小的板凳上,松松垮垮的裤子遮不住屁股沟,他们聚拢在一起,目不转睛地盯着前方不远处的一台小电视,那电视像极了过去的586电脑显示器,没有声音,色彩也偏,看出是有些年头了,他们倒是拿它当宝,看得聚精会神。

我们在便利店里随便拿了些吃的,直到结账的时候,才有人飞奔过来,找完零,又丢下店,跑出去看电视了。我看一眼时间,感叹道:比赛分明还没有开始啊!

巴西人不看足球,就好像四川人不吃辣椒一样。我们在巴西多个城市共待了20多天,每逢巴西队比赛均是如此,能关门的店和公司提前几个小时闭门停业,不能关门的大型超市或酒店,也没人正经工作,男女老幼全部盯着电视。大街上静得吓人,小偷和强盗也收拾了回家。倘若北京大年三十那晚禁了烟花爆竹,大约便是这个样子。比赛结束——自然大多数都是巴西队获胜——人们开始上街炫耀，举着桑巴军团的旗帜，尖叫着、怪笑着，汽车左右摇摆着，鸣着汽笛，与身边的陌生人分享自己的喜悦。

在里约的这段时间一直与菲利普相处在一起，渐渐的，我似乎也可以理解这个大男孩最初的"怠慢"了。

奥利维拉汉语说得还算不错，他在北京生活过一段时间，回忆起那段往事，本就性格开朗的他，更是眉飞色舞起来。他说刚来中国的时候，出过不少糗事，比如总是找不到自己所住的公寓，因为他所在的小区规模庞大，布局又极其相似，每每他认为自己到家了，拿着钥匙去开门，门却总也打不开。他通常试一两次便走，有几次，门被真正的主人打开，他们看到一个茫然无措的外国人站在自己面前，吓了一跳。其中一位年轻男子最惨，一个星期被他连"撬"了三次，最后一次他刚把钥匙捅进锁眼时，便感觉到错了，转身逃了一半，却还是被发现了，业主开玩笑说以为是拍什么恶作剧电视节目的。巴西人的肩很宽，菲利普也一样，长得一副运动员的身材，食量更是大得惊人，四五斤重的大汉堡，对他来说是小意思，吃自助餐他是最闲不住的，只看他不停地取餐，能来回十几趟。他不理解许多女生为何会控制食量，反复强调着，想瘦就要多运动，去跑跑步比什么都强，好吃的那么多，不吃太亏。与巴西人在一起，自然少不了足球的话题，菲利普说起中国足球，免不了叹息，在球场上踢球的全是成年人，可能青少年都去学习了吧。

由于工作的关系，我可以进入知名的马拉卡纳体育场，观看比利时与俄罗斯队的比赛，我甚至有幸在球员赛前热身时，去赛场边与球星零距离接触。我踩着球场边的草坪，向四周望过去，红白两队的球迷布满看台，筑成高墙，他们挥舞着旗帜，高呼着各自的口号，震耳欲聋。场上奔跑的球员们，举手投足都会成为球迷们关注的焦点，有那么一瞬，我幻想着，自己也是这球场 22 人中的一员，为了一份光荣的梦想，在数万观众的呐喊下，奋力拼搏着。只可惜，我绕场一周，拍了上百张照片，结束了我的工作。我坐到一片俄罗斯球迷的看台区，几个大胖子端着可乐杯，问怎么才可以像我一样去到场内。

"嘿！他们都很羡慕你啊！"菲利普蹭着几个人的腿挪过来，弯腰把我左侧的椅子放平，急切地问："你有信封吗？有没有信封？"说着，把屁股压在椅座上。

我一头雾水地看着他，半天，才犹豫不决地答："没有啊。"

"啊？没有！"菲利普瞠目结舌，本就丰富的面目表情，突然定格在扬眉瞪眼的一瞬间，充满喜感。

"是啊，要信封做什么？"我不知道没带信封算是什么过失，于是莫名其妙地问。

"啊——"他张大了嘴，大梦初醒一般，拨浪鼓似的摇了摇头："不对不对。不应该这么说。"他低头沉思了几秒钟,猛地抬头:"你有信奉吗?有没有信奉?"

我笑起来,猜到了他的意思,刚张口要说话,又被他截住:"不对不对,你有兴奋吗?这回终于对了。你有没有兴奋?"

我哑然失笑,再看旁边的菲利普,已是憋得脸红脖子粗了。"有!当然有!"

旅行中总会遇到这样的情况,而绝大多数为了与当地人交流,我处于菲利普这样的境地。我逐渐发现,与非英语国家的人用英语聊天,相互更容易理解,而与那些英语国家的人交流,倘有一个单词发音不准,他们则可能无法理解我的意思,因为这些人的词汇量太大,一个升降调的变化,既或许完全是另一种含义了。

菲利普是个单纯的人,他总是把自己的所见所想说出来,尽管有些事情未必正确,未必全面。我们告别的时候,他去机场送行,说那天没能接到我,是由于客户的原因,让他们的安排临时出了变化,为了调整行程他们不得不临时加班,当天巴西队的比赛,他们也没能看成。他又告诉我,自己又要告别故乡了,他喜欢中国,中国赚钱的机会有很多,将来要来中国发展。我以为这只是他的梦想,客套地祝福着,临别前互相加了微信。

两个月后，我无意中刷到了菲利普的朋友圈，上面写着"我爱中国，顺利抵达北京。"还有一张他咧嘴笑的照片，那笑容熟悉，犹如我初次见他，只是背景换成了首都机场。我惊喜交集，想来这巴西人说话真的不掺水分，于是赶快联系他，问要不要聚聚，他说他马上飞杭州了，有缘总会再相见。

又过了一段时间，我想起菲利普，特地去翻他的朋友圈，看他配了图文埋怨道——这里人喜欢穿睡衣出来吃早餐。发送地址显示是义乌。

这小子，还真的跑中国发财来了。

日本人的『逗号精神』

初入社会时,我进入了一家大型 B2B 网络公司任编辑兼记者,那时我本科还没有毕业。我觉得自己的生活开启了崭新的一页,人生简直大有希望。在被录用的 1 个月前,我穿着 T 恤衫和牛仔裤,在万人招聘会上走过场似地投了 4 份简历,想不到,这 4 份简历中的 1 份,便让这家企业看中,并且给了我 1 个面试的机会,像是买了 4 张彩票,其中便有 1 个中了大奖。紧接着,侥幸的通过初试和复试,我就在没拿到毕业证的情况下,破格入职了。

公司很大,有几千人,不同部门的同事好比不同种类的动物,被动物园分门别类划分,我自然与性情温顺的编辑们分在同一个笼子里,销售是在我们隔壁的另一种动物,要桀骜乖戾得多。每日下午上班之前,公司各个部门都要用 15 分钟时间开一个短会,销售部装神弄鬼居多,要么猜字谜玩桌游,要么俯卧撑大赛开起运动会,抑或有最内向年轻的女生,角色扮演色鬼或是酒鬼,"调戏"身边的人。他们经常连蹦带跳欢歌笑语不断,这些或庸俗或低俗的游戏也全部是同事本人发明创造的,目的当然是为了提升士气，以最终达到提升业绩的效果。我经常怀疑自己是不是已经深陷泥沼，进入了传销组织，却也时不时地瞟一眼他们，期待着又有哪个四肢不协调或大脑愚钝的笨家伙丢人现眼，好发自肺腑地嘲笑一把，为自己减压。

编辑部当然要比销售部无趣许多，15分钟的时间里，大家都在各自总结近24小时自己都做了些什么，然后彼此相互提改进意见，气氛沉闷得像批斗大会。资格老的同志往往笑里藏刀，言词中颇多隐晦，细琢磨起来，又像是带着低级嘲讽，大家连忙对号入座，机灵的和呆傻的一起痴笑，有前嫌旧怨的则按兵不动，待时机合适时揶揄击之。

销售部往往对我们嗤之以鼻，编辑部则笑他们太肤浅，没深度。

在这家公司工作一年，大大小小的总结会开过百次有余，能想起来的有分量的话已经不多，更悲哀的是，由于一些人把总结会开到了如弃弁髦的程度，反而让人忽略了总结或阶段小结的真正价值。在这一点上，我甚至有些妒忌身边的日本朋友。

尽管有许多历史因素让国人无法完全客观地正视日本，不容否认的是，在许多方面，日本人比我们做得更为出色，我们应当向强者学习。

在新西兰南岛的米尔福德步道中，我遇见了一群身材瘦小的日本奶奶团，统共12人，身形相差无几，都背着高出一头的硕大背包，甚至连登山杖的型号和水壶的大小都相差无几。她们由一位同国籍的向导带领，替她们做翻译和讲解。日本老人的步伐不快，却整齐划一，走起路来悄然无声，间距也保持一致，后面的人迈开的脚步踩在身前一位留下的脚印上，团队形成一条直线。步道中总有漫长的狭窄地段仅供一人通过，为了不让奶奶们的速度影响到其他驴友，向导会在身后有人靠近之时发号施令，老人们就集体向右跨出一步，侧着身子，邀请对方先行超越她们。老人们有着自己的行进节奏，她们每日最早出发，途径休息区也并不休息，尽管步履蹒跚，却也并非最后抵达营地。奶奶们见到美景也会由衷地发出赞叹，那赞叹声如悄悄话一般，生怕吵醒这丛林中任何沉睡的生灵。

  与那位日本向导闲聊得知，这些老人，最年轻的都已经64岁了，每天背着重物在复杂的地形中跋涉十几公里，着实不是一件容易的事情。而最让我钦佩的是，这群老人的裤子侧兜里，永远放着一个记事本和一支笔，向导时不时会停下来对某段地形或植物进行讲解，老人们便聚精会神地听着，记着，感叹着。每日抵达营地后到晚饭前，她们也顾不上休息，雷打不动地在公共区域内找一个不碍事的角落，聚在一起，拿出小本，用大腿当桌面，齐刷刷地记录着什么。在此期间，老人们也会提出自己心中的疑问，大家便低声讨论，有些问题向导也回答不出，便请教新西兰当地的工作人员。最终，那位日本向导，会帮助大家把所有问题的答案总结归纳起来。我不禁产生疑惑，为何她们总有提不完的问题？而当这些问题解决了以后，老人们的本子里，将会是多么厚重的一份收获呢？

这件事情发生在繁花似锦的夏天。还有一件事，发生在理应百花争艳的春季。

每年春天，北京都会迎来一段黄沙漫天的日子，而且近几年似乎愈演愈烈，荒漠化形势严峻。3年前，一次机缘巧合的机会，我被邀请到内蒙古，参加了一次中日联合的植树固沙公益活动，整个活动是由日本某企业发起的，已经有几年的历史了，他们出财力、物资和技术，中国出人力，在蛮无的荒漠地带开垦出绿洲来。我们的讲师是说着一口流利汉语的日本人，他已经在内蒙古工作了10余年，一直从事绿化方面的工作。而我的任务和随行的中日伙伴一样，努力把环保的理念传递给更多朋友。正是在这次活动中，我结识了小林加奈。

小林是个普通的日本女孩，相貌并不算特别出众，但谦逊随和的个性，以及时常挂在脸上的笑容，加之修长纤瘦的身材，让男生们时常摒弃了自己冷傲的身段，把谄媚的目光抛向她。我不怕招人恨，在大巴车上与她邻座。经过简短的自我介绍，我了解到她已经是第二次来到中国，而这两次，都是未经北上广等城市，直接来到内蒙古植树。她歪着脸，眯着眼睛告诉我，这个名额是她特地向公司争取而来，并非公司规定和强迫完成的任务，她格外珍惜每一次植树的机会。每说完一句话，她会深深地点一下头，这是她们的礼节，这习惯性的礼节，让这个女孩更显温柔。

抵达下榻的酒店，大家各自休整，晚上我与几个同行的中国代表外出拍摄，回来后，看到所有的日本成员在酒店大堂侧面的一间简陋会议室中开会，每个人都拿着纸和笔，认真聆听，专心记下所有的要点，那阵势，比高考前的学生有过之而无不及。翌日同一时间，经过了一天的工作，日方代表团又开始了严肃的总结会，我好奇他们开会的内容，便询问会日文的工作人员，方得知他们大致是在上生物课，讲师依照当天拍摄的照片，为他们讲解白天所种下的树是什么树，如何生长，为何在这个区域种植此类植物，此外，还会分析纠正大家植树的技术动作，以提高效率。

由于每天的活动内容并不相同，所以这样的总结会，日本人每天都开。我的中国朋友大多带着春游之心而来，他们无不交口称赞，惊讶于日本人的做事认真。这不过是一次没有绩效考核的公益活动，他们真的要从中学到全部东西才肯罢休呀！我问小林，每天做总结累乎。她答曰："总结就像是人生中的逗号，少了这些标点，人生会变得聱牙诘屈。也正因为有了总结，走错了可以及时纠正，走对了可以更加自信。这样一来，我们所迈出的每一步才会更加清晰和坚定呀！"

近几年，我又在不同场合遇见过热衷于一丝不苟做总结的日本人，心中不免感叹，每个人，乃至每个民族的强大都绝非偶然。忽觉得小林这个"逗号"的比喻很是巧妙，这些生活中的小节点，是一个个片段的总结，并非我之前网络公司的那般逢场作戏和敷衍了事，也不意味着走走形式归纳完就可以置之不顾了，而是实实在在，为了让这逗号以后的下半句写的更通顺、优美一些。如此看来，我真是觉得逗号比句号更有悬念，更有朝气，更有希望呢！

如果我是一条蝴蝶鱼

可能很多人无法理解,有时候自己发着烧,我也要坚持走完自己之前定下的目标;几次高原反应从头痛到肚子痛,症状不同,下回问我还去不去高原,我依旧会给出肯定答案。旅行是一件非常有意思的事情,可以让我有机会去见不同的人,彼此互相不了解,好奇地打量着对方,或者被对方打量着。

不同的人看相同的事物,会有无数个不同的结果。就好像我小时候看动物世界,画面里出现了一条彩色的蝴蝶鱼,大家都会下意识的赞叹鱼的美丽,而我姥姥会说,这条鱼看上去很好吃的样子。

当我走在路上,我就成了那条鱼。

之前在泰国大皇宫,由于王子出行,人们被限行,所有游客被关在了大皇宫里。随着时间的推移，出口处人多得像早晚高峰期的北京地铁。那时候天空还下着小雨，没有一点风，衣服都被雨水和汗水浸湿贴在身上。我和当地人挤在一起，稍微一错身，就会触碰到其他人。泰国人个子不高，有的在旁边撑起伞来，珠尾尖在我眼前晃来晃去的。突然间我感到身后的衣角被人轻轻地拽了两下，可能是谁不小心碰到的吧，我想，但就那么一闪念的功夫。我依旧迫切地希望这出口赶快放行。十几秒钟之后，我的胳膊被人轻轻戳了一下，回头去寻，发现几个小姑娘害羞的冲我乐。"可以合影吗？"其中一个女孩举了举手里的相机蔫声细语地问。可能在此之前，她们已经叫我好几次了吧，只是我都没有发觉。

在东北的时候，我去了一个小镇，那里的冬天最冷可以达到零下50度，公路上厚厚的积雪要到每年4月份才渐渐融化。在小镇里走，经常会遇到有人主动跟我打招呼，如果问路的话，他们不但会为我指路，还会关切地问一些问题。他们通常会问："你哪嘎达的啊？"、"咋上这儿来了呢？"他们自然不会觉得家门口有什么意思，得知我从北京大老远过来，还会流露出些许遗憾的神情，说："北京多好啊，你不好好搁家待着。这多冷啊！前几天天上都冒白烟儿。"在他们看来，我的旅行太不值得。

有时候在家，我会端着咖啡，幻想自己应该在笔直空旷的马路边，支一张桌子或是铺一块毯子，坐在那里静静地看着路的尽头。那里怎样都行，只要没有雾霾。

是吧？你是不是也跟我一样，觉得在咖啡馆看书、去南锣鼓巷拍照、买奢侈内衣、跟一群不认识的驴友在青年旅社玩桌游、和女神看场电影等等任何文艺的事情，好像在雾霾的天气下，都显得不那么文艺了。不过好在我总有机会逃脱雾霾，一次走到藏族村落的雪山前，觉得风景太美，就手舞足蹈地背着背包冲起来，几十分钟后高反发作，眼圈发黑，我累得瘫倒在地上。不一会儿，几个路过的藏族少女围了过来，她们背着箩筐，不知是要干嘛去。我把眼睛眯成一条缝，看她们挪了挪身子，替我挡住刺眼的阳光。

微笑笼罩住苍白的天空。

微笑。

这是我看到的全部，她们不说话，就对着我笑。

我想，这样的女孩，娶回家做媳妇儿应该不错，你不说话的时候，她们只是站在旁边微笑，你说话的时候，她们会耐心地倾听，你提问的时候，她们会诚实地回答。

"不好意思，前面有商店吗？"我连忙爬起来，问道。"没有了，你要往回走。"可能因为这里没有雾霾，所以她们才微笑得如此纯洁。不，不对，应该是因为她们微笑得如此纯洁，所以这里才没有雾霾。所以顶着雾霾天去做自以为很文艺的事情真是一件惨不忍睹且应该"人艰不拆"的事情。

南欧的黑人有意思，据说他们黑人之间不管认识的还是不认识的，见面就互相打招呼，称兄道弟，好像一家人那般。黑人大多很单纯，容易冲动，也容易被人控制和利用。我在意大利遇到的黑人，大多凭借自己的力量，过着贫苦的生活，看见他们有的露宿街头，在街道旁刷牙洗脸，有的则要每天5点钟起床，赶火车去邻近的景区卖雨伞。但也有一些，在景点附近干着不招人待见的事儿，给你扔一根红绳，然后千方百计让你掏钱，如果不给钱，他们可能还会骂上两句。

他们巴不得与人交流，如果你不理他，他会不停地说下去："嘿，你是哪的？这个送你，当做见面礼。不要钱，我只送给你，你可收好了啊。亲爱的别这样，我喜欢你，所以我送你。"如果你不跑开或者不让他走开，他会一直跟着你走，招人厌烦。我亲眼见到一个十几人的俄罗斯女生团，正围聚在米兰斯福尔扎城堡附近的街头听导游讲解，一个黑人不知从哪冒出来，冲她们举着一把绳子。女孩们大呵一声"No!"，像是广场上受惊吓的鸽子，抑或是迅速炸开的礼花弹那般，那场面逗乐了旁边喝咖啡的意大利人，连黑人自己也笑着跑开了。

相同地区的人对同一事物也会产生雷同的刻板印象。意大利和法国所有与我搭话的黑人，见到我之后都会问，"你是从哪来的？日本？韩国？中国？"看看，这个猜测的顺序很重要，我自认为自己是一个还算衣装得体的人，而且在南欧的那段时间发型比较奇特，他们会先猜我是日本人。在他们看来，发型奇特着装搭配奇怪又很有礼貌不吵不闹的，是日本人；发型和服装都得体但是眼睛很小喜欢咋咋呼呼的，是韩国人；发型和服装都不大得体又比较内向害羞不爱说话的,是中国人。大概是因为南欧有很多中国人辛辛苦苦,不顾及个人形象地做着小本生意吧。

我在泰国,被女孩们拉去合影,给予"明星"待遇;在东北小镇,我的行程被当地人看作是"不值得的";在藏族村落,姑娘们把我当作有意思的城里人,她们可能都不知道什么是高原反应,以及我为什么会躺在地上。

每个人在每个人眼中都不相同,我们只要尽力做好自己的事情,去做自己认为值得的事情就好了。那些捧你的人,只不过是看到了你的一点点与众不同;那些质疑你的人,只不过是从来不敢相信在他身边能出现什么伟大的人物。抑或者,他们有他们自己看似合理的原因,不过尔尔。他们的抬举或者质疑,那都是他们的事情,与你无关。

如果我是一条斑斓的蝴蝶鱼,我只在水里游我的就好了,你觉得我会在乎你们夸我色彩鲜艳,或者是觉得我好不好吃么?

谈『有个屁用』

搬家如晾衣服，固然不想暴露隐私，把信札及银行密码类的东西单独放好，却也是要把家具用品等展示给街坊邻居和搬家公司。最近几年，我搬过一次家，新家旧家路途遥远，只得拜托搬家公司，东西堆了大多半，车子的空间开始变得紧凑起来，又不想来回折腾，我开始盘算着扔掉一些东西，如许久不穿的旧衣物，格外占地的旧床头柜，一个快散了架的鞋架子。这些物件已经完成它们的使命，陪我走过了无数个日夜。我最后抱上车的是一个大箱子，本来车的货仓内要坐一个师傅，现在便没了他的地儿，他自然要问箱中为何物，能否存于他处。我打给他看，乃是一箱旧报纸。这些报纸是我从各个国家带回来的，从里面也可以找到英语、韩语、日语、西语、葡语、法语、俄语、意大利语等多国语言，而其中最珍贵的，要属巴西世界杯期间，我在圣保罗街头购买的一份用整版报道的巴西男足1∶7负于德国男足新闻的报纸，我清楚地记得，我买完它，店家失望地对我说：巴西队队服要吗？打折了。搬家的师傅懵了，就问我："这些全能看懂吗？"我回答："几乎全看不懂。"他疑惑——那还留它何用？

谈起"无用的东西",我大概从儿时便有了经验。小学时期我的三大爱好是:踢球、收藏 NBA 球星卡和集烟标。第一个家人不管,只是鞋废得快,经常两周换一双鞋,买鞋时不免被唠叨几句。第二个爱好起初费钱,我偷偷省下了几天的早点钱,买了几次球星卡,好运眷顾,让我抽到了价值连城的皮蓬卡,后来有同学愿意用 35 元与我交易,我把它卖了,用它作为本钱,最后赚了上百张卡。第三个爱好就比较恶俗了,我也不知那时候孩子间为何会有这样的癖好,满大街像流浪儿一样捡别人丢弃的烟盒,遇到稀奇古怪的,便把烟标撕下来藏入口袋。好景不长,被父亲发现,换来了一顿责骂,"有个屁用"便由此而来。

可能是长辈经历过食不果腹的灾荒时期,所以对于"用"的要求仅限于实用——吃饱了,穿暖了,娶妻生子了,有房子住又不至于流落街头,即逍遥自在,万事皆休了。

小学四年级暑假,学校报名课外班,我主动选报了学校的足球课,父亲看着密密麻麻的课程表,道:"踢球没用,不如写毛笔字。"我又想报航模班,母亲说:"航模没用,不如学手风琴。"最后谈成的条件是,足球可以踢,但毛笔字和手风琴,也还是要学的。在长辈看来,书法和乐器,将来比足球和航模更容易带来经济效益,特别是后者,能算得上是短期投资了,搞不好中高考还可以特招,投资应当有的放矢。我确实不是写字的那块材料,书法课没有坚持上完。手风琴还凑合,练基本功时是借用学校的琴,不用花钱,后来买琴时又恰好在钢琴城遇到了姜杰,他是我学琴时参看的录像带中的大师。他让我用他的琴拉一段,我在众目睒睒下演奏了一曲一级曲目，大概是《花儿与少年》或《小步舞曲》，大师夸我有灵性，而且我的臂展和手掌都比同龄人宽大，操控性强，这琴很适合我。琴上有他的烫金签名，质量有保证。我妈听了欣喜若狂，就去交钱了。我每天练琴练到头疼，直到有一次去少年宫演出，我演奏的是一曲平时练过几千遍的曲子，演到一半就被评委喊停哄下去了，我怯懦地窥见评委嗤之以鼻的表情，我想，我或许也不是这块料。

儿时的我喜爱遐想，竟想一些没用的事儿，用来消磨时间。譬如我观星，会想起不明飞行物，又联想到不明飞行物是来自于外星文明，所以他们的飞碟是可以以极快的速度转直角弯甚至倒退的，人类现有的科技做不到，飞机变向和起飞都会使人产生身体不适，开战斗机都需要强大的身体素质，更别说穿越星际了。星际穿越应该是一个庞大的工程，不止有身体素质良好的飞行员、军人，更应该有科学家、学者、医院和幼儿园，他们是如何禁受住如此之快的速度及长时间飞行的呢？除非飞碟自身的旋转使其内部抵消了运动受力，其内部也会营造出某个星球的重力和气压来吧。我有时又想，我的外曾祖母是没有名字的，他们那代人的女性，大多都只有姓，没名，她姓赵，叫赵氏，嫁给了我外曾祖父，外曾祖父也姓赵，外曾祖母就叫"赵赵氏"，我们现在男女都有名，大概是顺应了社会的发展。我也有名,可我的字呢？在古代,成年后要取"字"，外人只能称我的"字"，我们现在都没有"字"，只好起个笔名或网名了。思想就像是勺子，这些没用的事情，犹如把牛奶倒入咖啡，搅拌起来慢慢扩散开了。所以，应当在无法行走的阶段读书,在可以行走的阶段旅行。

110

读梁实秋关于"说话"的杂文，感到文中的部分观点可能有些欠妥，我承认应尽量缩短冗长的会议，减少套话和官话，直奔主题，提高效率。但在生活中，废话也是不可缺少的一部分，甚至个别与有用的话同样必要。他在《废话》一文中的开篇便提到"尝有客过访，我打开门，他第一句话便是：'您没有出门？'我当然没有出门，如果出门，现在如何能为你启门？"他认为废话可以少说一点，可能有他的时代背景。在今天，我却不以为然。整日繁忙，人情味淡薄，出门时街坊朝我挥手笑道："出门儿啊。"以《废话》一文的逻辑，这句话显然是无用的废话，但我听了，怎么竟一股暖流沁入心腹了呢？倘按文中的逻辑，闲天少聊，闲话少说，没有意义的事情少做，生活似乎缺少了什么。我整日对着电脑，有时候就等着周末三五好友相聚，看看哪个明星离婚了，哪个朋友找了小三儿，谁跟谁又闹别扭了，谁被催婚开始发征婚广告了。八卦减压，我试过了，很灵。不愿意听了，就用加缪的"方法"——拿一些赞同的话来搪塞。

我有一位严重洁癖的朋友，当时与我同宿舍，起初睡在下铺，若此人发现有人坐过他的床铺，无论多忙，他都要洗一遍床单，把新的换上才肯睡觉，后来出于无奈，他千方百计换到了上铺。他的书桌永远干净整洁，书本全部包上书皮，甚至连吃完洋快餐，都会先把空盒码放整齐，再倒入垃圾桶。问他累乎？答曰图个清静。这样洁癖的人，古代也有。元末明初画家倪瓒和朋友一起谈论诗文，要泡好茶招待，就命仆人到七宝泉打水。水打回来之后，倪瓒交代仆人："提在前面那桶水，拿来泡茶；后面那桶水，拿去洗脚。"他朋友见状，心中感到好奇，追问原因。答曰："前桶的水，一定干净，所以用来泡茶，后桶的水，怕已经被仆人的屁所污染了,所以只好拿去洗脚!"此人洁癖到了一定程度,连他的厕所都是一座空中楼阁,用香木搭好格子,下面填土,中间铺着洁白的鹅毛,"凡便下,则鹅毛起覆之,不闻有秽气也。"以后看到洁癖的人,我倒也能理解,他们所作所为,对旁人来看没有屁用,但对于他们自身而言,则大有用处。

行走在路上,我又看到了许许多多如我一样的"闲人"。成群的法国人在留尼汪的山林中玩山地车速降,海岛湿气大,且地形复杂。在碎石路上车子难以前行、在泥洼路面车胎又容易陷入淤泥,最刺激的是弯道下坡,那车轮不知抹了什么,转速飞快,控制不好整个连人带车便飞快地弹出去,弯道没有防护,不小心就跌入山下去了。俄罗斯人也是善于冒险的,时不时在废弃的屋顶上玩个跑酷,抑或徒手攀岩百米高塔,把人悬在空中,做引体向上,当局者沉稳淡定,旁观者担惊受怕,更有不理解的人发表评论:"有个屁用,不出3年,坟头草两米高。"

我在西班牙看到五音不全的草根歌唱团队在街头卖艺,大概是改编了流行歌曲的歌词,惹得围观群众前仰后合;在巴西世界杯时,看到成群结队的各国球迷,挥舞着自己国家的旗帜,我也加入其中,与他们一起欢呼,后来发现,秘鲁人、加拿大人也来凑热闹了,我们这些国家没有打进世界杯,按理说,这比赛与我无关啊;我在新西兰皇后镇,看见人们整日无所事事的在瓦卡蒂普湖边躺着晒肚皮,与意大利那些整日在广场里晒太阳的人神情都很相似,一副混吃等死的模样;我在澳大利亚看见成群结队的人开着房车,沿着大洋路缓缓地移动着,不知他们都从哪里来,又要到哪里腐败去;我在日本看见一位雪鬓霜鬟的老人,她在一处空地的墙根,弓着背,给几只刚满月的流浪猫喂食,后又把周围打扫干净,像一切都没有发生过一样。

最让我惊奇的,是我在以色列的特拉维夫,遇到的一位手艺人,年近六旬,笑起来像指挥家那般优雅。若问他有何手艺,说出来不免惊讶,他是做万花筒的,大到像天文望远镜那般,小到如指甲刀大小,木材质地、金属质地,花样繁多。把它朝着亮处,用眼睛望过去,波光粼粼的像进入了奇幻世界。我小时候也玩过万花筒,对准不同的颜色,会出现不同的花色,千变万化。这位手艺人制作的万花筒更加不同,有几个可以旋转内部玻璃片的机关,变幻出更加曼妙的图案来。老人说他做这个已有很长时间,甚至几年前,他的作品还在美国拿了设计大奖,办起了展览!

如丰子恺所说,世间万物有各种方面,各人所见的方面不同,譬如一棵树,博物家见其性状,园丁见其生息,木匠见其材料,画家见其姿态。与前三者不同,画家并非从实用角度出发,而是形式方面。所以一堆废铁、一颗枯树、一段音乐,甚至是一段废话,在艺术家看来,也是有价值的。因为他们追求的不仅仅是实用派的"真"和"善",更是虚无飘渺的"美",你能说此举毫无价值吗?

玩物丧志,责在于"人",而不在"物",若"志"不在此,做什么事情都无法做好。只要高兴,何必只做他人眼中所谓的"有用之事"呢?更何况,人正是因为这点情趣,才区别于动物和植物。这"情趣"若包含雅趣和俗趣,那么这两种闲情,只要不伤天害理,不影响他人,何尝不可?

换一角度来看,"物"的存在,需要找到合适的"人",才能发挥它的最大价值,否则在他人看来,就是无用。人各不同,人的情感总要寄托于某一种物件或是行为上,才能使人愉悦。这几年我在江南一带参加的活动不少,总能收到用之不尽的上等好茶。我不懂茶,物尽其用,送人的送人,剩下的,做了世界上最贵的茶叶蛋。

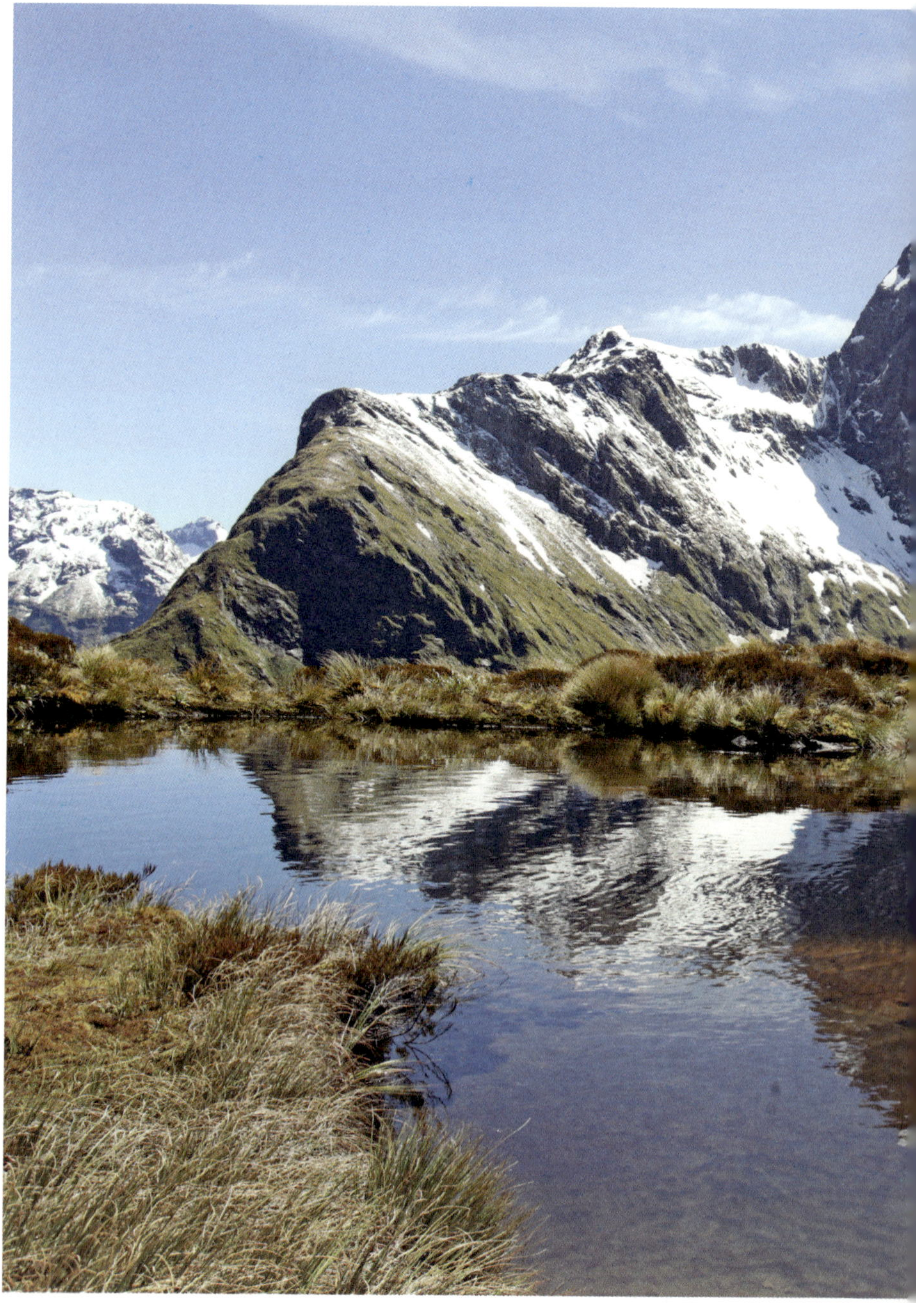

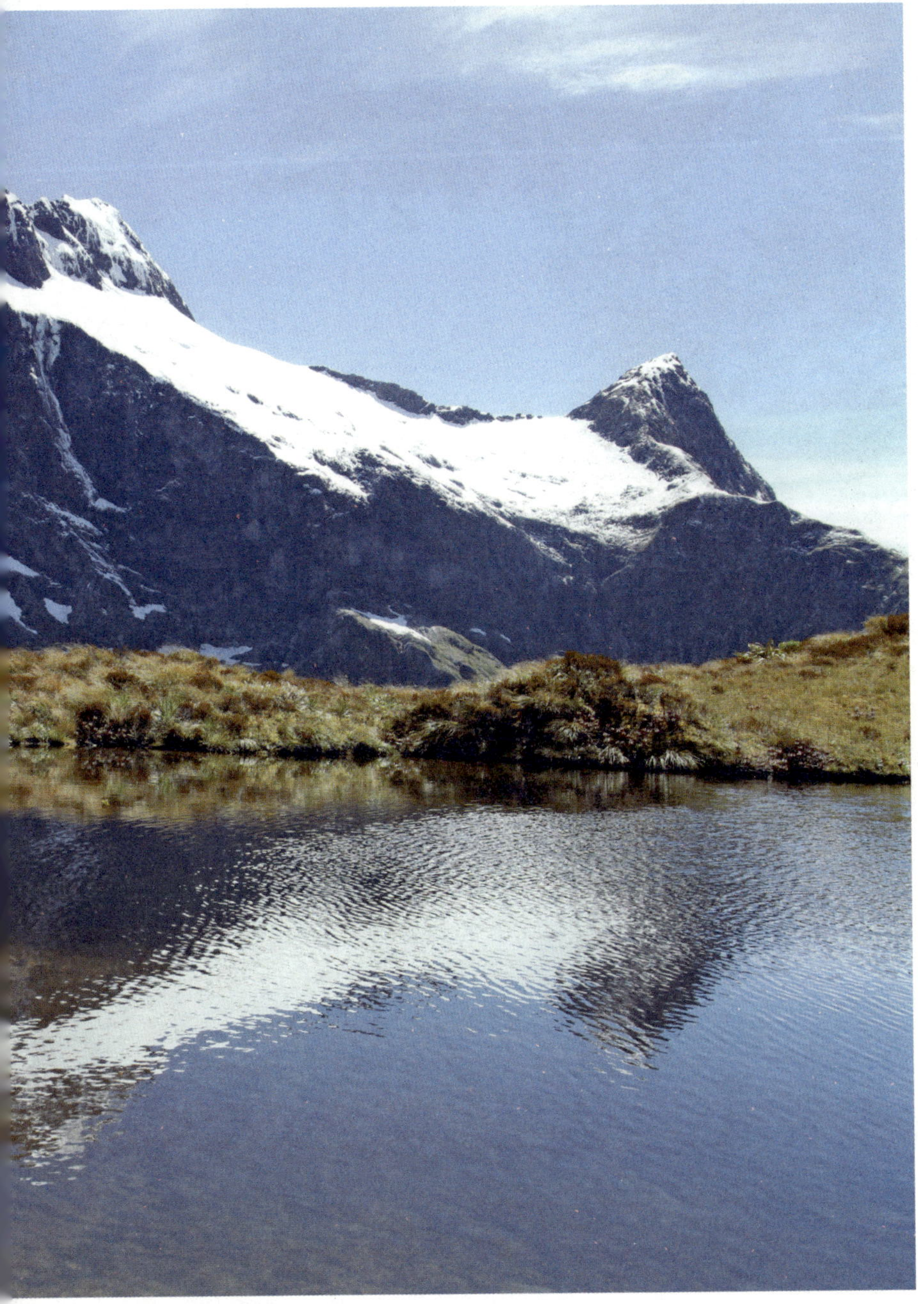

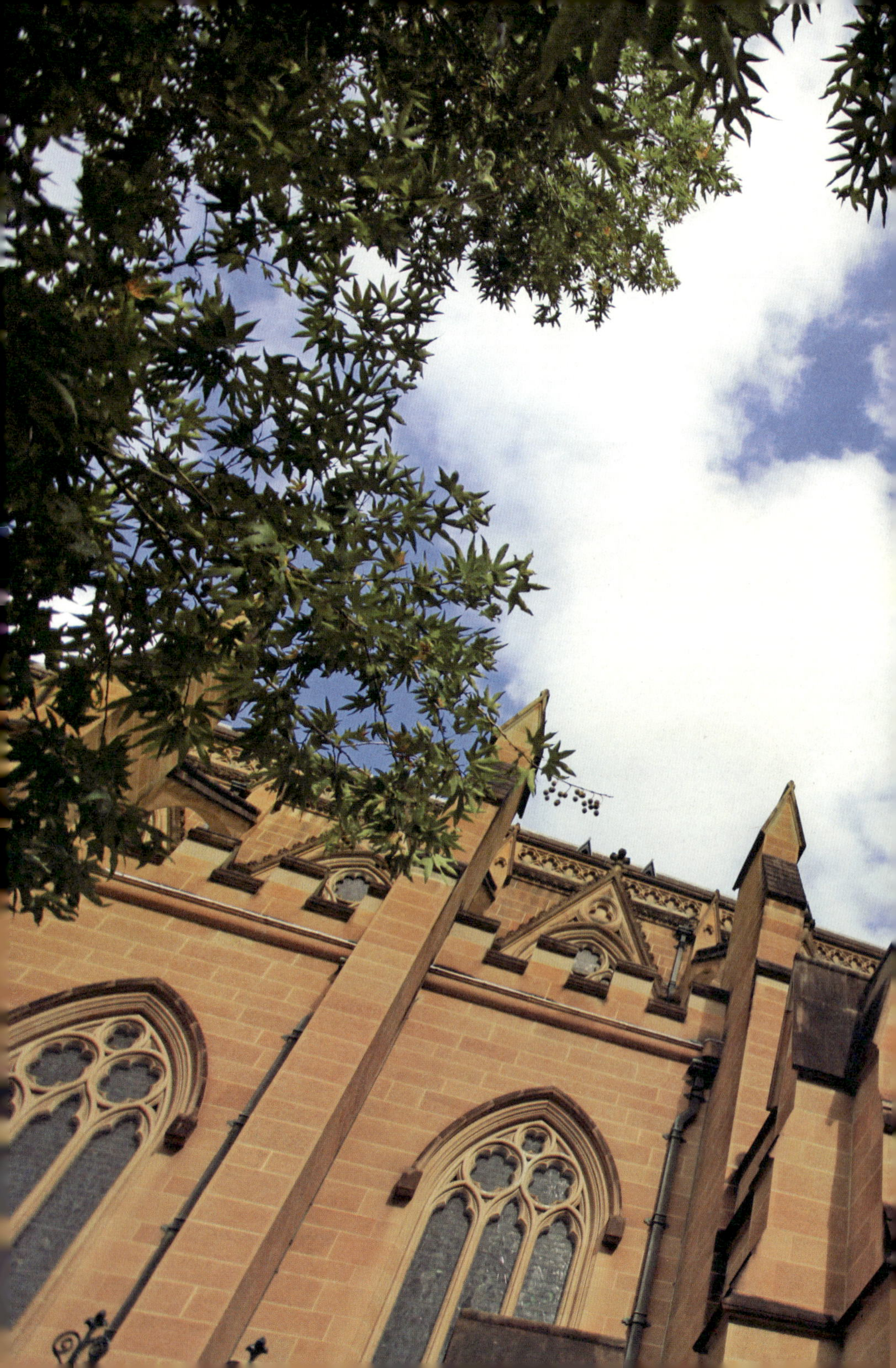

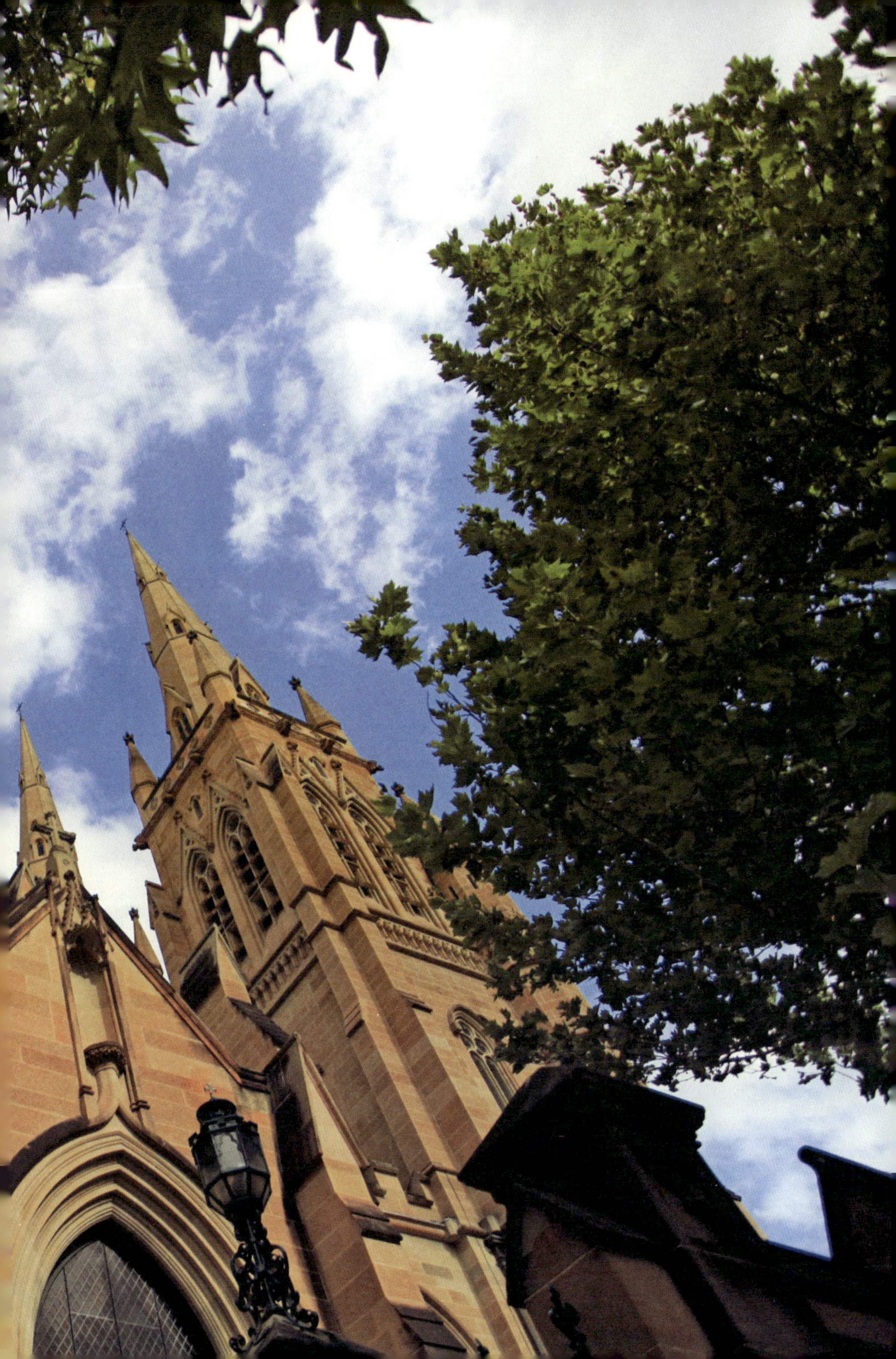

未晚

偶尔起得很早
准备好牛奶和饼干
之后坐着

等来了日出
叽叽喳喳和
庭院拶拶

一大片向日葵
与枝丫繁茂的树
迎面走来

蓦地想起重要的事
吸完一支烟再说
时间还早

人生何必趁早

什么是精，什么是傻

刚有记忆以来，我便以为自己是有些痴傻呆苶，经常鼻涕流到嘴边，直接挥袖一擦，偶然想来用袖子擦是不对的，给父母添麻烦，于是挂着，给嘴里添了咸味。这种印象不仅出于我的鼻涕不争气总流出来，更表现在，在客人当着父母面夸奖我时，那些好听的词总被父母逐一否定，我那时是真傻，看不透父母的谦虚背后满怀欣喜。

初中，一日家长会后父亲酒醉，问我将来打算做什么。我想行万里路，看遍红尘千万家，然后可以造一个简陋的院子，晒太阳、看闲书、写故事。我感到脸颊一阵火辣，被扇了一个巴掌。"你拿什么养活自己？"我捂着滚烫的脸，无言以对。我决心改变，向那些梦想经商发财的同学们一样。大学毕业之后我做了记者，又进了国内顶尖的公关公司，每天忙碌到连大便时间长些都觉得是一种奢侈，我剪了寸头，仅仅是图个省事。有一阶段我很享受这样的生活，身边到处都是开着豪车的成功人士，他们中的一个胖子告诉我：年轻人，好好做，不出 5 年，你也可以。我干了两年，零食和快餐吃了不少，怕是钱没挣到，肚子先像了成功人士。

父亲不管我了，我同母亲商量，决定辞职在家写书。这段时间，我结识了不少摄影师、作家、企业家、电影导演，有的甚至月入百万。我想，他们大概是很精明了，而我当然很是幸运，能够与他们为友，在出席同一场合的时候，穿着类似品质的衣服，拥抱寒暄，聊一些八卦的事儿。我的袖口不再脏，嘴里也没有咸味，撑满了葡萄酒的香涩。

我心知肚明，自己的变化大概是有些快速，这令我想起骁勇善战的女真人，在建国初期便吞辽灭宋，一口吃成了个帝国。人生何所求，迷茫了，跟脚下的这座熠熠生辉的城市一样。北京已经不再是老舍、林语堂笔下的北京了，不再是"人们既得享碧蓝的天空，又不得不吸食尘土"了，土可能还是要吸的，但蓝天则成了奢侈品。比女真人幸运的是，我可以飞到更遥远的地方去寻找答案。

朋友在没有雾霾的意大利上学，早说过去看望他，一直推迟到某年冬天才得以成行。他让我临行前带一些风油精，越多越好。我猜想意大利大概是买不到如此至宝，于是一口气买了一打，想这些足够他用到毕业了，如果未能顺利毕业，留级一年大概也够。

我们在罗马碰头，后来又去了佛罗伦萨和锡耶纳，两者相形，锡耶纳给我留下了更深的印象。意大利人喜欢建设广场，有城的地方就必然会有广场，而且广场上大多坐满了无所事事的闲人，一把风华正茂的年纪，在太阳底下坐着，喝酒、看书或者侃大山。那些形态各异的广场之中，也不乏品相精致或地段好的，汇聚更多的人，像咖啡厅，像露天酒吧，像剧院,像创业园里的孵化器,像大学城宿舍旁长满了窃窃私语的小树林。人们一个下午一个下午地坐着,爱吃甜食的女人坐出了大屁股,男人成了穷光蛋,你说他们傻不傻?是不是在那支第一次出征阿比西尼亚的溃不成军的军队里,也有人胆敢迎着火炮和弓箭去晒非洲的太阳?

话虽如此,喜爱和平的人还是喜欢广场的,我也一样。整个锡耶纳,似乎是以一个广场为中心的,年轻人在广场约会,年长的有事没事广场见面。我们从老城门外钻进去,沿着石头铺成的老路行走,修路人在搭起的警戒线内慢吞吞地玩儿着手机,挖掘机在旁边挖出一个小坑,坑里有人与路上的工人说着什么。行人错身而行,那碎石路历史悠久,每块石头都被磨得像秃头的老人,随便抠出来一块,都是古董。千百年来,中国大城市的地表被越垫越高,街道越扩越宽,意大利的路不光窄,还是个停止发育的矮子。

朋友带我去吃当地最好吃的冰激凌,说是只卖1.5欧元,满是坚果和纯奶油,意大利的朋友告诉他,这价格多年没变过。我兴冲冲地跟他过去,发现冰激凌店没有开门,门口挂了一个牌子,上面用意大利语写着:狂欢节休息,去吹吹海风吧。

意大利人"闲",还体现在他们爱"管闲事儿",有点像北京二环内的胡同大妈。有一次我在佛罗伦萨向警察问路,旁边竟然停下来两三个人帮忙出主意,我受宠若惊,叹这里遍地都是活雷锋。

再走不远，著名的贝壳广场便近在眼前了。朋友像第一次到游乐园的孩子，蹦跳着冲进广场，把背包脱下，躺进了阳光底下。我有些不适应，心想：你闯进了我的镜头！他招呼我也过去躺着，身边有经过的行人牵着狗走过，互相打着招呼，也有不讲究姿势露着半截腰侧卧或趴着的。在这里，仿佛就跟去澡堂子要脱衣服赤裸相见才能洗澡一样，没人在意你躺的是不同流俗还是冰清玉洁。

我甚至觉得，意大利所有的艺术都来源于广场，人们在广场里躺着，在光合作用下，每个人都半梦半醒半晕半醉半生半死，灵魂一半出窍，虚虚实实恍惚间不知是做了不靠谱的梦，还是真的看见了什么，射出的箭变成了白鸽，姑娘的胸前开出了莲花。这种感觉多了，就会产生艺术的灵感。所以意大利人看起来慵懒，所以文艺复兴发源于意大利，所以意大利的品牌总是叫人拍案叫绝。我强烈怀疑，诗人但丁说出"走自己的路，让别人说去吧"这句千古名言时，正躺在附近某一处的广场上，双手交叉倚在脑后，跷着二郎腿，任凭太阳把轻微闭合的眼皮照的通红。而他旁边刚路过一个自远方来的黄肤黑发游客，摇晃着脑袋冲他骂道："甚矣！汝之不惠！"

"好了，我带你去见老保罗。"朋友起身说道。身上一尘不染，我们都省略了拍弹尘土的动作。

他口中的老保罗，是一位老皮匠，做得精湛的工艺，商品没有商标，但做工和质量堪比大牌。保罗一辈子都在锡耶纳，与城中半数人相熟，本身就是这座城的象征。朋友在意大利读书的前半年在锡耶纳度过,同保罗成了忘年交。沿着石墙寻去,终于到了保罗的皮具店。店不大,两个人同时进来,几乎就没有多少活动的空间了,三面墙壁上都有架子,上面摆满了大大小小种类繁多的半成品、书籍和物料。有个二楼,闲人免进。落地的橱窗几乎与一楼同高,展示着手艺人的作品。由于小城建筑紧密,即使光线从窗外进来,也并不明亮,屋子里开着灯。"L"型的工作台,用其中一半工作,上面落了几十层牛皮,另一半是柜台。身穿黑色毛衣的白发老人正在店里专注地敲打一张皮子,老人侧脸对着我们,花镜的腿轻轻地架在耳朵上,耳朵的位置比眉毛要高,有人说这是福气的象征。他那双饱经沧桑的左手压住皮子,皮子就纹丝不动地固定在桌子上,右手来回敲打着,时不时停下来看一眼,接下来再重复之前的工作。老人神情专注,我们也不好意思打搅,好一会儿他才发现有人造访,于是摘下眼镜站起来。

见到许久未见的中国朋友,保罗先是大吃一惊,然后咧开嘴,给他来了个大大的拥抱。别看老人已近古稀之年,那宽阔的肩膀撑起来的身躯,蕴藏着巨大的力量,与我握手时,我的手像是被门挤了。他们两个开始用意大利语闲聊起来。老保罗顺便嘱咐我:"店里的东西,随便看,随便摸。"之后他又从楼上翻出他的得意之作,甚至还有古罗马士兵的铠甲、兵器等,这些都是非卖品,是他用一些边角料做出来的,耗时几个月到三五年不等,价值不菲。

朋友与我心满意足地挑了各自喜欢的东西,他把声音压低了问我:"风油精带来了吗？"

"带了。"我忽然看懂了这盘棋，迅速从背包里掏出来给他。他转身递到保罗面前："知道您喜欢这些来自中国的东西，所以朋友这次远道而来，把这些送给您。"

好一个油嘴滑舌的心机男啊！我心里想。

老保罗如获珍宝，欣喜地把风油精捧在胸前，充满感激地看着我，他用丰富的肢体语言表达着对我的谢意。那股真诚劲儿，反正我是从未遇到过。在意料之中，老人为我们打了个大大的折扣，店里没有电脑，一切都是手写记录。临别前恰好有客人来取定制的皮包，他让客人稍坐，客人也不会有什么要紧事儿，自然同意。城不大，老人不担心自己的店丢东西，他说皮具店已经开了半个多世纪，要丢早就丢光了。直到把我们送上大路，他才回去。

走在路上，我想，这不就是我们今天都在呼唤的匠人精神吗？一辈子只做一件事，把这件事做到精妙绝伦，做到登峰造极。依我看，每个人都可以坚持自己的初衷，不跟风，去追求喜欢的事情，然后把这件事情做出彩，即使它无比的荒谬可笑。做什么并不重要，关键在于如何去做。

我们的城市发展得太快，大家又心急，身边有许多忙得并不快乐的朋友，钱还没挣完，身体和思想都被挖空了。"非淡泊无以明志，非宁静无以致远"，对于精明的人而言，悠闲和慵懒并不是停滞不前，而是放空自己，思考如何更好地向前。像在广场晒太阳的但丁，像心向大海的冰激凌店老板，像每一个夜晚用边角料制作铠甲的真诚的老保罗。

我发现老保罗给我的包装袋里多了一个别致的名片夹，这是他悄悄藏在里面的礼物，光滑的皮子上刻着扬起的帆。猗欤休哉！我胸中泛起无数妒忌的浪花，哀想：老保罗，你这样的傻子，在我们中国是混不下去的呀！

凌晨4点起床以后

从大学毕业到30岁这段说长不长，说短不短的时间里，我大多时候是为了迫不得已的事情，坚守着并不健康的生活作息。譬如我没有辞职之前，通常是早上9点上班，提前1个小时出门，晚上9点下班，10点到家。花1分钟换一身衣服，同时打开电脑，花10分钟飞速吃完一份简餐，之后加班到12点，磨磨蹭蹭回复完邮件是0点40分，不知我那时候为什么还要磨蹭，后来我觉得自己大概是越忙，越被动，就越抑制不住地磨蹭。干完活关掉电脑。期间小便1到2次，"浪费"几分钟。洗完澡，从浴室出来一看表已经差不多凌晨1点了。惘然神伤，憾这一天还没有做自己喜欢的事情便结束了，像生命叫人偷了去，内心万种不甘，才又打开电视，玩会儿游戏或者看半部电影，这一天才算是稍稍圆满，之后睡5个小时，又要被闹钟拽起来，撑着沉重的眼皮工作去了。

这样的节奏日复一日，不泡吧，不泡妞，不喝咖啡，不喝茶，没时间参加无聊的聚会，常年寸头不蓄长发，吃饺子不爱蘸醋。打车时司机问我："抽烟吗？"我说："不会。"司机说："你这样的年轻人少有。"我心想，我周围有许多我这样的人。冬至那天加班到深夜，与同事吃了顿饺子，同事道："吃饺子不蘸醋，生活没情趣。"我看着他，除了吃饺子比我有点"情趣"以外，其余就像是我的影子。

我被生活和工作牵着鼻子走，像是得了痼疾。这是生活的本质和生命的价值所在吗？

每个人心中，都住着一头野兽。我认同这句话。这头野兽沉默久了，要么打起架来，要么糟践起自己来，要么吟起诗来，要么思考起自己为什么一直沉默，自己还要不要继续一直沉默下去。

在澳大利亚阿德莱德旅行的时候，我遇到了一位年近耄耋的老者，老人幽默风趣，但做起事来，认真得令人心生敬畏。恕我直言，老人看上去很老，听觉视力都正常，却是打扮得很老气，满头白发、白眉，满脸的白胡子，眼窝凹陷进眼眶中，颧骨是脸庞上隆起来的山丘，鼻子在正中间耸立着，他话说到动情处，会禁不住流鼻涕，于是就从裤兜里摸出手绢，叠上几层，用它捏着鼻子，他那只布满荒草的大手毫不留情，大鼻子就像被包起来的饺子一样，也像是某种熟透了的果实，要被他摘下来吃掉。老人的五官立体得像摄影家心中的层次感极强的野岭，乍一看，好似遥不可及的凡间仙人，若说此人是百岁寿星，我也深信不疑。

第一次见到他的时候，他穿着老旧的西服，白衬衫，脖子上系着个领结。他微笑着冲我们打招呼，那牙就似淡黄的玉米粒一样，一粒粒地露出来，他行动迟缓，只是微微抬了抬手，我却觉得这对于他来说，已如拥抱呐喊般雀跃了。老人是一家旅社的老板，这旅社坐落在阿德莱德宁静的郊外，隔壁有序地排列着一些别墅和矮层建筑。春夏更替，门前的两排树挂满了新枝嫩芽，道路不宽，仅能容两辆车并行。几乎没人。过了中午，整条街就沉寂下来。老人的旅社有十几间客房和一家餐厅，周围有很大一片空地，或种花，或在露着泥土的地方铺满木削，疾风掠过，也不至于尘土飞扬。

老人雇了十几个年轻的员工，员工们大多兼职，工作之时尽职尽责且效率极高，工作一结束，便会去做自己其他的事。老人也并不清闲，至今依然拖着行动不便的双腿，乐此不疲地忙碌着。他得知我们是远道而来的中国客人，之后带着浓重的烟酒嗓说："我也去过中国，而且见着了乾隆爷。"这当然是句玩笑话，见我们听到熟悉的名字，很快便减少了陌生之感。

我们在他家住 2 个晚上，办理完入住之后，老人突然提出，晚上要请我们吃饭，理由是："你们是我的第 9999 位来自中国的客人。"当然，这也是假的。而他要请客的真正原因却不得而知，其实我们也并没有认为他真的会为我们的晚餐买单，或许，这又是他的玩笑话吧。

晚餐期间，我们来到了旅社的餐厅，除了餐厅服务员再无他人，大家照例点了各自喜爱的食物，菜与所有西餐一样，上得很慢。我有朋友已经如坐针毡，玩弄着手机，时不时回头看一下后厨，却未听见有任何动静，他一定在想：这菜怎做得这么慢呢？我想起留学澳洲的朋友说过，他们其实可以快速上菜，但非要等一段时间之后再上，目的就是给客人留下相互交谈的时间。显然，如此漫长的等餐时间，不适合我们这群急性子，可又想，我们人已经在此，整条街已经用1个小时来回走了好几遍，周围实在无处可去，除了摆弄手机，我们又有什么可忙的呢？

前菜刚到，老爷子不知从哪冒出来，已经站在我们身旁了。他穿了一件毛衣，毛衣领口压住一小节衬衫衣领的尖，这次过来，还特意带了眼镜。他低着头，把额头挤出更多的纹路，把眼睛睁大，视线从眼镜边框上沿外射出来，瞄准我们的同时，露出了神秘的微笑。好像看到了我们惊讶的表情，"突然袭击"得逞似的。我注意到老人的手上还攥着一只一米多长的纸筒，关于纸筒里的内容，我不得而知，是他收藏的名人字画？还是某张亟待炫耀的得意照片？

他看着我们吃完前餐，迫切地问："味道怎么样？"看我们心满意足的神态，不用多说，他的心中已经有了答案。服务生收走了餐碟，又换上了新的。老爷子便趁机把手里的纸筒摊开在长桌上，打开一看，竟然是密密麻麻的一副房屋设计图！他说这图纸是他自己画的，改动了很多次，由于最近几年中国游客越来越多，他也想着扩建自己的旅社，想在空地上建一座独栋公寓，更气派，面积也会更大一些，所以想听听我们对于公寓设计的意见。然后他为我们讲解，哪里是豪华房，哪里是经济房，哪里是走廊、哪里是阳台、哪里是客厅、卧室和卫生间。

"做了1年了，还是没有规划好。"老人的鼻音很重，那鼻子像是关不上的水龙头，只见他又从兜里摸出手帕，习惯性地擤了把鼻涕。然后认真地问我们："中国人喜欢住在什么样的房间？或者说，我应该在房间里增加点什么中国元素？"

朋友们七嘴八舌地讨论起来，我却惊讶于这个老人异于常人的精力与梦想，我若是他，腿脚不灵便，开了个旅社，雇几个人帮我看店，高枕而卧，请人带我去钓鱼，与几个年轻我几岁的好友打打牌，或是玩玩FIFA2056，岂不快哉！

谈话许久，老人把我们合理的建议都记了下来，钢笔在他那只左手里翩翩起舞，写出的字像初学字母的小孩子，工工整整，我们说，左撇子聪明。老人听了哈哈大笑起来，直言不讳说："这个说法并不对，我不聪明，所以来请教你们。"吊灯下认真写字的老人叫人钦佩，不知是谁说了一句："中国有一位企业家，75岁创业，86岁身家过亿。"大家都明白他口中的企业家是褚时健，而更难能可贵的是，这位中国的智慧老人，硬是在古稀之年，倔强地走出了常人无法想象的人生低谷。他的经历，激励着无数人。面前的老爷子又笑了，先是表达了自己的一番敬佩之情，之后又说："我与他不同，我只是找点事做，不想辜负大好时光。"

翌日清早，我出来拍摄日出，却又在庭院中碰见了老人，他正在晨曦之中缓缓挪动着脚步。见到我，抻着脖子向我问早。老人说，他每天凌晨4点起床，觉得时间异常充裕，经常可以做完许多事情，整个一天才刚刚开始。对他来说，这一整天，都是积极乐观的，他可以主动去找事做，不让自己闲下来。对于早起的人，又何必在意人生的早晚呢？

我从澳洲回到国内，转瞬间秋去冬来，在倒时差的前几天，每日10点之前睡觉，第二天凌晨4点钟自动醒来，我把"上午"分成4点到8点以及8点到12点两个。在第一个"上午"，我可以看完一本书，或是写完一篇稿子，再或修完几十张照片。窗外由墨黑变得藏蓝，对面的楼里一盏盏灯明亮起来，远处传来了微弱的乐曲声，阳光又把苍穹染红，楼上开始有了脚步声，社交软件上开始有人互相问早安。所见的一切都欣欣向荣的，如饥饿之时第一片刷上甜面酱的烤鸭，如世界杯揭幕战在举世瞩目下鸣哨打响；如刚坐进电影院，熄灯，贴片广告结束；如短别几日，重聚在一起的热恋情人互相宽衣解带……原来曾经熟睡的这段时间，是如此的美好。

我断然不疑，清晨的做事效率，比晚间要高出许多倍。时间富裕了，我竟然也开始谋划着，要再做点什么，以打发时间了。时间，还是一分一秒地流逝，不快不慢，不增不减，只是我好像跑在了时间的前头。至此，我终于有一种反败为胜，牵着生活和工作的鼻子走的感觉了。

请尊重你的每一次"开始"

读过汪国真的《我喜欢出发》，从此以后我便一发不可收拾地迷恋上了人生的每一次征程的新起点：旅行，抑或是生活中的每一次新的挑战。我做成了一些事情，当然，更多的是没有做成的。《山海经·海内经》中描述了鲧禹治水的神话故事，人间洪水泛滥，鲧偷了天帝的神土用于治水，但被天帝发现，遂令祝融杀死了鲧，但鲧的尸体并未腐烂，3年后，鲧的肚皮自动裂开，禹从中降生了。接下来的故事大家耳熟能详，大禹成功地治了水。事情未能如愿以偿之时，我一般会借此来安慰自己，失败乃成功之母，也许这次失败，下一次便是成功，年轻人不怕做错，怕的是没做。

于是我在20岁出头的年纪，开了无数个小说的头，主人公有的甚至还没有出现，便再也无法出现了；写了大概十几首只有前奏的歌，主旋律还没写到一半，就发现这实实在在是一首很傻的歌，于是不再继续；交了几个半途而废的女朋友，时间长了，我开始怀疑我是想与她交朋友，还是只想随便找一个红颜知己说会儿话。我想到什么便去做，像一头犀牛，在激情野草里肆意莽撞地奔腾着自己无处安放的脚底板，我大喊："冲啊！"于是我分裂成一万名铁血勇士，前仆后继地战死在疆场。

后来我发现，身边还有比我更勇猛的，某D同学，大学毕业后用家里给他买房的首付创业开了个摄影机构。哥们猛在：自己在大学期间，连一台属于自己的相机都没有拥有过，甚至也没有参加过任何有关摄影的培训。如此创业，我问他："行吗？"他说："我是领导者，不是执行者。刘邦无能，还有萧何、张良和韩信帮他打江山，我呢，统领全局就可以了。"一年后公司倒闭，D同学成为一名朝九晚五的上班族。

细想下来，周围许多勤劳且执行力强的朋友，都是轻易地开始，之后又走了许多弯路，令人唏嘘。

一个北半球夏日的清晨，我在南半球巴西累西腓的沙滩上沐浴温暖的阳光，退潮让海岸边露出些许巨大的礁石，当地人形单影只地站在礁石上钓鱼，那海浪轻轻地在鱼竿下翻滚，想必在此钓鱼，要付出极大的耐心。新城狭长的海岸线东西方向延伸，我面向朝阳，眯起眼，眼前跳动着一位跑者晨光下的剪影，这黑色剪影的脚下，踢着身前沙滩上的一个颇为修长的身影。这个身影轮番交替着步伐，频率不快，大概年纪不轻。剪影逐渐移动过来，身后的光芒为他勾勒出金色的轮廓，跑步者专业的装备下，是一位有些谢顶的老人。老人格外热情，见我远道而来，朝我挥手，我回了礼，他便快跑几步到我身旁，摘下蓝牙耳机，与我闲谈起来。

老人精神矍铄，宽宽的额头上略微有汗珠渗出，话语间也并未显出疲态，但与这活力并不相符的，是他那看上去异常衰老的皮肤，这身皮肉有些松垮垮地赘着，仿佛是老人穿了一件邋遢的外衣，或者他奋力一跳，这堆皮即可以从头到脚蜕下去了。他问我一些生人异国偶遇都会问到的基本问题，随后竟滔滔不绝地为我做起导游，自豪地讲起这片海滩以及岩石的前生今世。他有着十足的精力和耐心，甚至还为我讲到了整座累西腓的地理和历史，显然，他希望我不仅仅是一名单纯的游览者，更希望与我分享城市的内在。我当然觉得机会难得，并愿意洗耳恭听。只是怕这样一来，扰乱了老人晨跑的节奏。我把我的担忧告诉他，他笑道："我每天都会来跑，已经有10年了，不差这一会儿。"老人说话间想起了什么，于是拿出手机给我看了几张照片。照片中是一位大胖子，无论是坐下还是站立，都让人觉得空间狭小，肚子上的一堆肥肉压在身上，恐怕连呼吸都异常困难。他说，照片中的人，有接近400磅的体重，高血压、高血脂，现在那个人死了。"我杀死了他。"他一本正经地说，几秒钟后又放声大笑："他就是我，我用了一年时间，拼命地跑步，就瘦成了现在这个样子，身体各项指标正常了，就一直坚持到现在。"我敬佩地想，原来这老人的皱皮下，是脱胎换骨的一个人！

经常看见一些健身小白的问题："能不能给我一个让我一个月瘦30斤的方法？"这也是大多数都市白领的通病，他们往往只追求结果和利益的最大化，迫切希望寻找一条捷径。这类人群数量不少，许多成功励志类的书籍以及诸如"考前100天提升100分"之类的书都会大卖，由此可见一斑。

前同事小 W 在健身一段时间后发微博诉苦："健身不靠谱，我坚持训练 1 个月，未见任何变化，体重反而上升，所以放弃了。继续节食，现在已经瘦了 15 斤。"同事小 Y 见到这种情况，未经思考即留言道："看来还是得少吃，努力把胃饿小！"

以讹传讹和人云亦云就是这么来的，第一，传播者即亲历者，他们似乎经历过健身，没错，小 W 训练了一个月。第二，亲历者确实由于节食而减轻体重。这两条原因，也成了目前大多数人都不愿去反驳的"真理"，因为"实践出真知"。然而仔细想想，我们并不知道小 W 在这一个月经历了哪些训练，这些训练有没有方法得当、动作标准，并且针对减脂，同时也不知道在这段时间内，小 W 的饮食状况如何。接下来的关于"节食瘦 15 斤"的言论，是短时间的现象，并非健康减去脂肪，仅仅是减去了身体的部分重量而已，可能是水分和肌肉。但这样一来，身体却由于基础代谢率的降低，而变成易胖体质，反弹是必然的。举个不恰当的例子，你看那些从地震或矿难中救出的几天没有进食的幸存者，是不是都消瘦了很多？

不幸的是，小 W 的微博得到了一部分前同事的拥护，有人反馈："是呀，有很多明星说过，每天只吃几个水果，只有这样才能保持身材。""女孩子还是不要有肌肉才好。""如果你变成肌肉男，我立马取关！"也许只有时间会慢慢证明小 W 的言论是错的，而之所以他的错误言论得到了一部分人的认可，是因为这部分从没有接触过健身的人，更希望自己所认为的"饿着就能瘦"的理论是真的，努力健身的人一定也瘦不下来，或者几乎不会让身材变好。他们宁愿去找一些错误案例，来证明自己错误的理论是对的，因为这样的话，他们可以不用那么辛苦。也许正应了东野圭吾的话——软弱的人总是怕被说穿事实，而且讨厌说真话的人。

这部分根本不懂如何正确减肥的人，便成了健身界茫茫人海中的失败者，而这些失败者又占到减肥人群中的绝大多数，从而让减肥变成了一件看似难于登天的事情。看看累西腓的阳光沙滩吧！坚持跑步的老人何以有如此巨大的转变？

在萨拉热窝，我遇见一位满头红发的中年妇女，她有着波黑人标志性深邃并且忧郁的眼眸，总是把双手交叉在胸前，脸上的每一道纹路，都承载着一段哀伤的故事。她是一家纪念品商店的老板，但我觉得，她更是一位艺术家，因为她只卖原创的纪念品，精致的石块冰箱贴、简单线条勾勒出的明信片以及一针一线手工缝制的布偶。每一件商品静静地陈列在店铺四周，阳光从窗外照射进来，似乎它们全都有了生命，它们都是她的孩子，流露出悠然神伤的情绪。东西很贵，但由于独一无二，又很好地体现出战乱为这座城市带来的特殊情感，每天都有客人纷至沓来。

我又想起创业者D同学，过分高估了自己的能力，并且选择了一个自己不熟悉的行业，从而导致失败成为了必然。

曾经听过一个笑话，大意是：某包工队常年未开工，开工后接了个大工程——造一根烟囱，工期两个月，造价 30 万，不过需要垫资。工人们忙碌两个月，总算是如期搭建完成。待工程验收时，却被甲方代表骂得要死，还没有钱拿。原来是图纸看反了，人家是要挖一口井！

此类南辕北辙背道而驰的笑话数不胜数，但我们却依旧乐此不疲地做这些"勇猛"的傻子。执行力强的"激进派"误听了那些本用于鼓舞执行力差的"顽固派"的论调，脑中泛起一阵浪花，觉知年轻无过，趁年轻，就要勇往直前，杀出一条血路，如此才不枉青春一场。谁知道这人群之中，有哪些是冥顽不灵，有哪些是聪明睿智的呢？

在还没有学会该如何开始的情况下开始，是鲁莽，从启程的那一刻起，便注定伴随着羁绊，倘若内心足够坚不可摧，克服了诸多困难还好，倒也总归是成长；倘经不起折腾的，很容易像小 W 那样，一败涂地。我们仍然要开始，但请不要轻易开始，多做一点准备，考虑全面一点。方向走对了，每一次进步都是一种动力，方向选错了，越努力则越悲哀。倘若已经误入歧途，非要在这条匆忙开始的失败之路上做点什么，那当是及时总结经验教训吧！

威尼斯书店

在威尼斯的最后一天,天气并不像我们所想的那样,一直是阴雨绵绵,本以为没有什么惊喜,正打算找个咖啡馆坐会儿,结果同行哥们的一位在威尼斯读书的朋友推荐了一个好去处。我们打开 GPS,沿着威尼斯雨中湿滑的窄路左右穿行,终于,在威尼斯的 Libreria l'acqua alta 找到了我们所要寻找的目的地:一个书店。

这家书店不那么普通,据说是全世界最美的书店之一。找它的时候,我一直在心里打鼓,我和哥们儿都没有见过它的样子,听说只有二、三十平方米,坐落在威尼斯城里一个不起眼的位置。找到它,费了好大一番功夫。

在意大利的中国人很多,但我敢说,知道这家书店的中国人数量不多,这绝对是随团游和大部分驴友的死角,甚至许多当地人也难注意到它的存在,但据去过这里的人们说,它绝对是最有特色,并且最值得一去的地方!

小店偏处一隅，在硕大的威尼斯城中闹中取静，我们沿甚至有些落魄的小门走进去，就像潜入了书的海洋，店主是一位满腹经纶的老者，想必是因为获得了幸福和满足，而散发出的慈祥的目光，每天来书店的人不多，买书的人更不多，他就这么坐着，看看书，与偶尔打破这沉寂的人聊聊天，见我们到来，他用英语笑脸应道："看这个，3D 的！"

"啊！好漂亮！"我们顺着他手指的方向，那是一幅画，上面是某个宫殿和广场，纸壳被折成不同的平面，所以看上去是 3D 的立体效果。

"我们听说，您的书店是世界上最美的书店，所以特地来拜访。"朋友用娴熟的意大利语说。

老爷子听了忽然哈哈笑了起来："谢谢！"数不清他连说了几个敬语。意大利人往往能在 3 秒之内说出四五个敬语对客人表示欢迎或者感谢。

走进书店，一整条贡多拉就呈现在眼前！老爷子可真把这里当书的海洋了。征得老人同意之后，我们准备好相机和手机，拍起照片来。老人又神秘兮兮地走过来，指了下里面，让我们去那边，说是可以上"二楼"看看。意大利人的幽默再次起到了作用。感情哪有什么"二楼"，那是一个由废书搭建的楼梯，旁边写着"让书籍带你爬向人生顶点"这样的话，实在是形象励志！

老者养了几只小猫，无忧无虑地在书海中穿梭，它们固然不知道书是用来读的，全当做是脚下的玩具，踩来踩去，跳来跳去，讨人喜欢。

逛了许久，但我们并没有买书，老人也没有失望，反而送给我们一个漂亮的书签，欢迎我们再来。

也许，书读得越多，越会使人变得与世无争，淡泊名利吧，于是，做事也就没有那么多的目的性了。于是，也就正如这书店一样随意了。

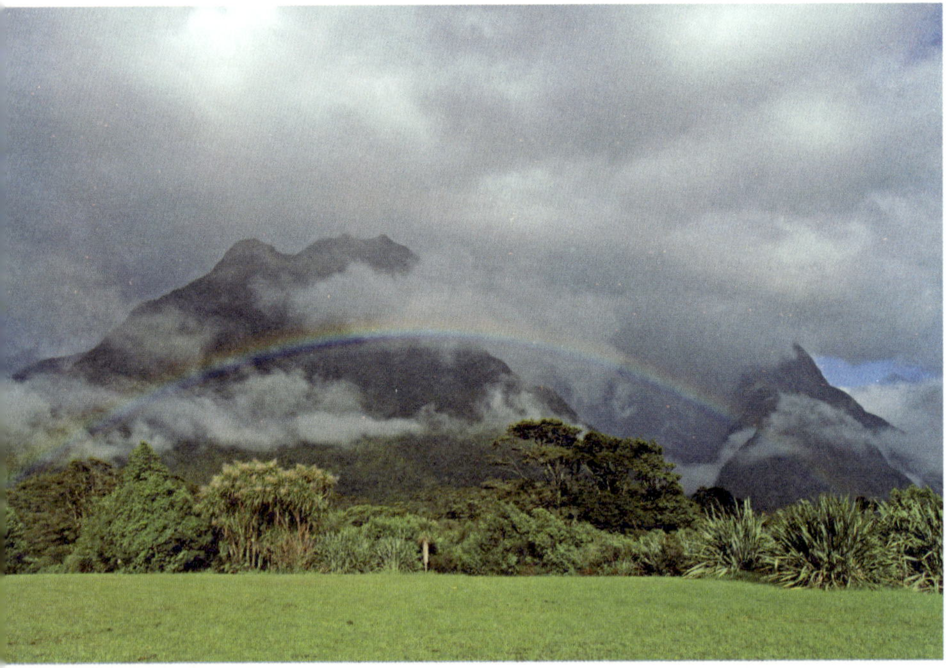

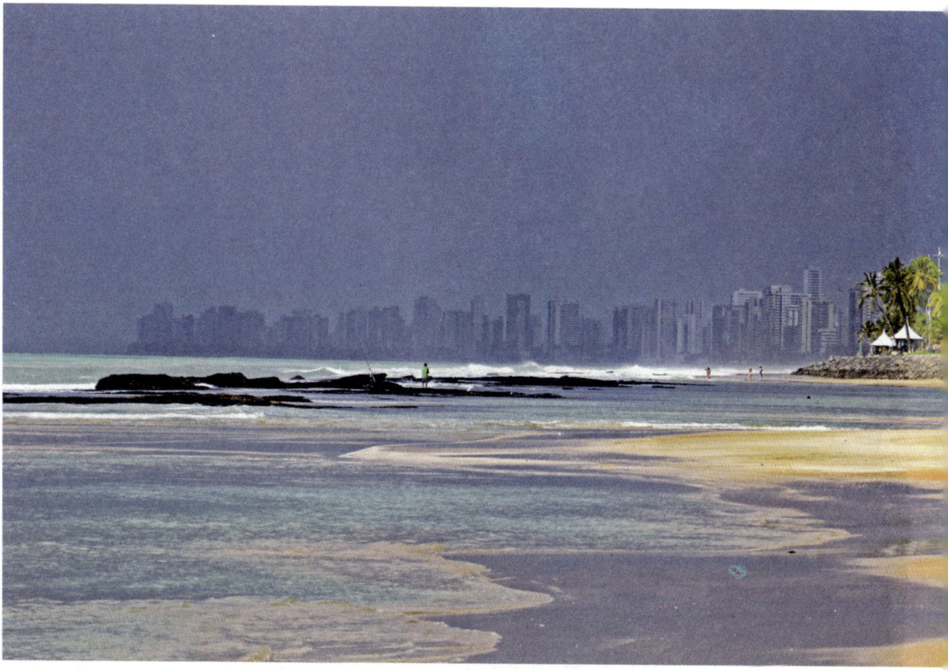

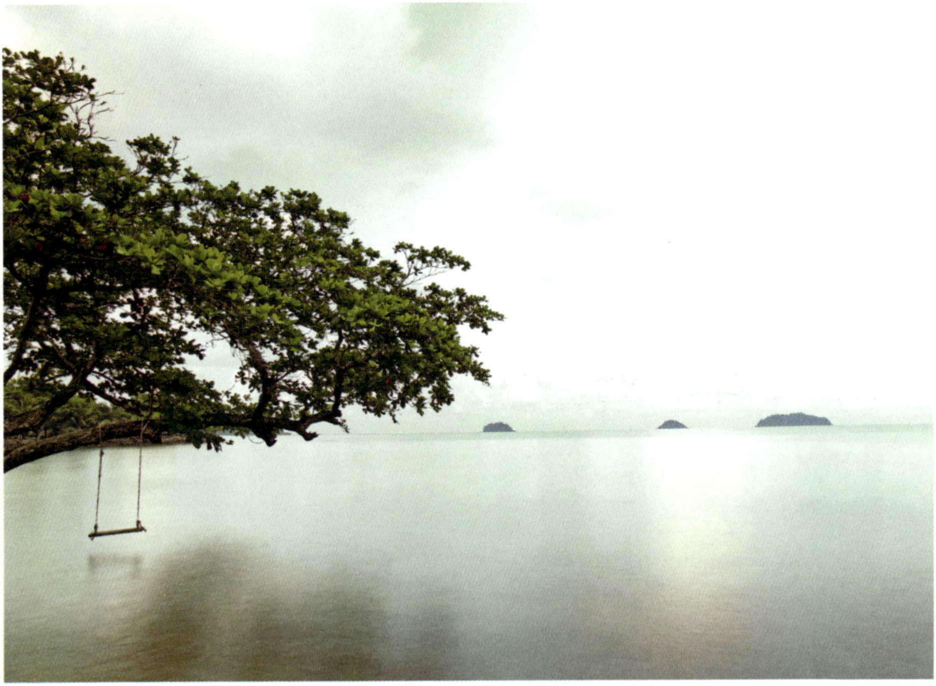

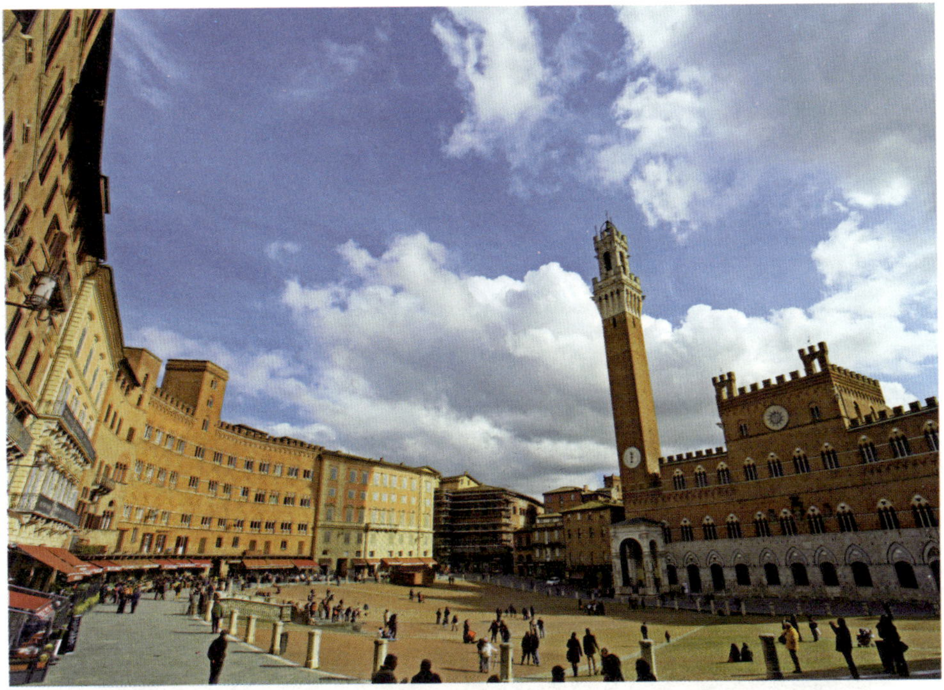

坎坷

写诗的人最
孤独

时常写给
无尽的黑暗
让多情的文字
照亮每一个路口

写诗的人最
幸福

即使每一颗字
都陷入漩涡
每一天也都活在
有光的世界里

有鬼撞进阳光

寻找着与找到着

去澳洲的时候我带了两本书，一本是史铁生的《病隙碎笔》，另一本是杨绛先生的《走到人生边上》。一去一回，算上在香港转机的时间，飞行占据了将近 30 个小时。去程的航班大致飞到印度尼西亚时，我已经看完一本书，心情不免有些压抑，史铁生在书的末段写道——"尼采有诗：'自从我放弃了寻找，我就学会了找到。'"而我年纪尚轻，仍在寻找，看来还远没有到"放弃"的时候，距离"找到"更是遥遥无期。另一本舍不得读，怕回程时无事可做。遂在座椅靠背的电视上，翻出一个喜剧，是车太贤演的《开心家族》，看完之后反倒把双眼哭红。

为了不让我一贯没心没肺的形象变成多愁善感的文弱书生，我去洗手间擤了几把鼻涕，然后戴上眼罩，怅然若失地睡去。

抵达墨尔本是在一个周五的傍晚，我在酒店楼下的阴面，风一吹不禁打起寒战。墨尔本市中心高楼林立，阳光一缕一缕地穿过每一条东西走向的街，行人中有戴着棒球帽的滑板少年，也有西服革履的英俊青年。

当然，还有令他们产生无尽想象的摩登女郎，那些女郎衣着是很轻薄的，且大多穿着量身定制的礼服，换成稍窄的肩膀，抑或是略小的臀，都撑不起这火光四溅般的效果，她们或挽着英俊的男人，或三两姐妹同行，那蹬着高跟鞋的步伐是快速的，像她们的语速。她们在路口等红灯的时候，由于阳光太刺眼，我看不清她们的脸，走到阴暗处，似乎暗处也被光照亮了。

我好像隐身了，就好像她们在聚光灯下，看不见漆黑的观众。我像是幽灵一样在城市中心上下左右地飘荡，巡视每一家餐厅、商店、银行、公交站，直到大部分店铺都已经打烊。街头相熟的人们互相招呼着。优雅的人在咖啡厅里喝着咖啡，等人或是打发时间。穿巴塞罗那球衣的青年手持礼盒走过来，看一眼表，大概是去赴一场约会吧。我想，我与我家猫的习惯相同，来到新的地盘，非要尽力在这里的每一个角落打上自己的烙印，幸运的是，没有猎物追我，我并不需要掩盖自己的气味。

游走到了晚饭时间，我也赴约。当地的朋友带我去一家中餐馆吃饭，实际上是越南创新菜，澳洲人都管这叫中餐。推门进去，餐馆人声鼎沸，气氛像久违了的老北京茶馆，交流时非得扯着脖子喊出来才行，所以几口饭还没吃，嗓子便有些沙哑。奇怪的是，此处的座位布局很密集，那些魁梧的家伙们也都是人挤着人坐，连邻座放在桌子上的手机短信都可以看得一清二楚，想必是要以此与那个注重个人隐私的西方世界划清界限。

朋友是希腊的三代移民,大概也算是土生土长,口音却有些四不像了,偏伦敦腔。也许是为了让我听清楚,也或许是单纯的装装样子。就像我曾经见过有东北的同学用港台腔说话,有甘肃的同事给客户打电话说上海普通话一样。朋友是个女生,身材比你想象的丰满略胖。喝得微醺以后,口头禅和肢体语言更加丰富了,不小心碰倒了酒杯,酒水溅了出来,洒在我的身上。她下意识地说了句脏话。然后给我纸巾,并一个劲地道歉,替她的鲁莽道歉,后来我听出来,这话里还隐藏着一层意思,那便是她不小心说了粗话。我告诉她没关系,我本就是个粗人,一本正经起来,反倒浑身不自在。她微微一笑,酒彻底醒了。

吃完饭出来时,华灯初上,这家店的门口已经排起了等待用餐的长队,心里想告诉他们这其实并不是中餐馆。转念一想,我何尝不是如此,曾经吃涮肉的时候,经常由于心急,一口气往锅里下了牛肉羊肉,那肉通常又分精品肥牛和普通牛肉,精品羊肉和肥羊肉,下锅之后用筷子去捞,谁还管哪一口吃的是什么肉。我有许多时候就认定了这错误的便就是正确答案。在生活面前,对与错似乎没那么重要,寻找到一个适当的结论和性质,心里也就踏实多了。毕竟生活太复杂,像搞科学那样理性,则少了几分情趣。

我添了外衣,带三脚架出来拍照。街上形形色色的人大多都被装进了罐头一样的建筑物里,到处都是聚会,有钱的没钱的,外向的内向的,都会找到能够接纳各自的集体,尽力展示着自己,互相感受着彼此营造出的恰到好处的气氛。街上有马车,游人向我的镜头打着招呼,然而我拍长时间曝光的慢门,他们并不会出现在我的照片里,有些人来去匆匆,也不会在我的世界留下任何光影。亚拉河畔的船上传来了 Westlife 的 Uptown girl,大概判断出聚会的人群年方几何,青年男女在船上相聚,船被河水拍打着,摇摇晃晃,推着女生拥入男人的怀。

来来回回穿了几座铁桥,我找到一个阴暗处,身前有树,树叶垂下来,乘风浮动,刚好形成前景,不会喧宾夺主。我猜想这里或许可以拍到我想要的题材,支起脚架,调整起相机参数来。身后臭气熏天,是带涂鸦的墙,旁边还有几个垃圾袋,在墨尔本,这就算得上是垃圾堆了吧。身前经过的青年靠相互支撑行走,酒瓶子在手上叮当乱响。他们对我丝毫没有兴趣,蹭着三脚架过去了。酒喝到这种程度,大概是遇到什么心事了吧,抑或是想逃避什么麻痹一下自己的神经。我又想起史铁生提到的诗,想来是喝酒也是一种"放弃寻找",我从没有过酩酊大醉的经历,不知当如何判断。

胡乱拍了几张,结果都不大满意,看看表,已经到了第二天凌晨。街上依旧不时行驶过几辆跑车,车里面尖叫着,放着高分贝的音乐。我弯下腰去检查相机里的图片,无奈地摇摇头,倏地感到有一股呛鼻的气味从身后飘过来。回头去看,一张吸血鬼般煞白的脸正贴在我身后,我扭头,他也不躲,放着红光的眼仍直勾勾地盯着我的相机,险些撞个正着。心脏加大了跳动的频率,似乎也用力把我往反方向弹了两步,好与这个人保持安全距离。

"你在干什么？"他冷冷地问，声音低沉得像是从遥远的外太空传过来的微弱信号。

"拍点照片。"我正儿八经回答。

"能给我看看吗？"他直伸着脖子，右手贴在身体一侧，瘦骨嶙峋的左手带着不知什么纹身图案的手臂缓缓朝我伸过来。

我下意识地护起相机，又把脚架握紧手里。"白脸"身穿白色T恤，似乎刚在哪随地翻滚过，衣服上还留着尘土的印迹，他的腿也伸不直，腿上穿着破洞的牛仔裤。若不是他嘴里的一股难闻的味道，倒像是那种街头恶作剧的节目。

"能给我看看吗？"他又问，从他的眼神中看不到任何感情。像是一具死而复生的僵尸，我甚至不确定他能否意识到自己在做什么。

"好。"我一时想不到拒绝的理由，搬起三脚架上的相机给他看。他呆呆地看，不评价，也不提问，眼睛就盯着相机，忽远忽近，有时似乎要钻进相机里，我便往远处挪两步，他则又跟过来。

我心里埋怨，如何背上了这般鬼魂，阴魂又不肯散去。正想着，他身后来了四五个年轻人，眼里有光，大概清醒。其中一个黑发青年拍了"白脸"脑袋一下，"白脸"的黄发被溅起来，人仍不动，那黑发青年双手掐住他的肩，一拧，"白脸"就后背朝我了。他们像是搂着一具骷髅，苦口婆心地交代着什么，嘴里也挂着粗俗的脏话，却远没有那微胖的希腊裔女孩可爱。"白脸"似乎连话也听不进去，青年每说一句，都像是给昏迷的人喂药，非得把嘴掰开，灌下去。

　　黑发青年身上带着酒味，倒是还算有里有面儿，他向我说了道歉的话，然后从兜里掏出一小瓶罐头，攥在手里，把瓶盖冲下，另一只手熟练快速的朝瓶底一拍，气松了，然后拧开瓶盖。不过2秒，罐头递到我的身前。

　　"不了，谢谢。"我转身要走，却被黑发青年拦住，罐头打开了，他非给我不可。于是我道了谢，拿了罐头，想溜之大吉，却又一次被拦住。几个人低着头看我，白眼球比黑眼球多，他们又咧开嘴笑。"白脸"的手又伸过来了，用食指和中指夹着一根自制香烟。我当然知道那是什么。正束手无措，黑发青年搂着"白脸"的脖子走了。一群人呼喊着跑调的歌，歪七扭八地走着。

　　我擦了把冷汗，往反向走，想用不用像猫一样，掩盖一下自己的气味。好在那歌声渐行渐远了。

　　这才只是一群二十出头的孩子哟！这让我想起曾经在东北遇见过的鄂温克族酗酒的男人，有人说，他们大概是失去了生活的方向。我不知道他们之间有没有必然联系，最好没有。我只记得林语堂在提到其自幼所爱的孟子时写道："人生社会有什么了不得的问题，何必谈什么玄虚?

做人的道理讲好了，还有什么可怕？循这条路走去，就可为顶天立地的大丈夫。"他在留下这番结论之后，提及孟子的那句名言——天将降大任于斯人也，必先苦其心志，劳其筋骨，饿其体肤，空乏其身，行拂乱其所为。主要突出一个"志"字。巧合的是，我在返程的飞机上，从杨绛先生的书中亦看到她引用这句话，用以阐明"人需要锻炼"的道理。

也许杨绛先生的"锻炼"同史铁生的"寻找"之间，也有着千丝万缕的联系。这让我想到"白脸"他们，想必是找了一时便放弃寻找，抑或是遇到坎坷，未能经受住"志"的考验，然则多半是自讨苦吃，食了大麻，白了脸，生了红眼睛。不过依我看，寻找也是可以随时启动的，像传输时中断了还能断点续传的文件，任何时候也不晚。

在尼采的诗句后面，史铁生写道"我的意见是：自从我学会了寻找，我就已经找到。"如此看来，这些正在"寻找着"的人，也正在"找到着"。如滑板少年，如绽放的女郎与他们的男伴，如忍不住脏话的希腊后裔，如白脸和黑发青年，如在返程航班上，把《开心家族》又回顾了一遍的我。

活见鬼

　　回家路上，见街灯下一位老人精疲力竭地坐在地上，旁边围满了人。商铺的霓虹灯光在老人的脸上变换着颜色，老人蓬头垢面，嘴里不停地嘀咕着什么。有女人说："赶快送医院吧。"老人就使尽了浑身的力量，孱弱地哭喊："不去——"身旁的中年人又说："家人呢？谁认识老人的家人？给他们打个电话？"没人应答。有人猜测，老人八成是喝多了。也有人说，老爷子是撞见鬼了。救护车鸣着笛驱赶人群的时候，老人忽然张开手臂，绝望地含泪笑道："烧死我吧，烧死我吧！不就是死吗？有什么新鲜的！"喧闹的人群渐渐散开，相互议论着，说老人是被厉鬼追下来的。那天是鬼节，街上满是烧纸的人。

　　我不懂灵异和玄学方面的知识，每次听朋友讲此类故事的时候，心里总是抱着"不信但尊重"的态度去听，说不信，是因为我虽遇到过无法解释通的事情，但从未看见和听到过鬼的模样和声音，分不清哪个是迷信，哪个是玄学；说尊重，是因为许多看不见的事情确实在发生，且许多解释不通的奇事几千年悬而未决，我们无法证明其存在，也无法证明其不存在。就像杨绛先生引用过莎士比亚的话：这个世界上，莫名其妙的事多着呢。

母亲曾经住院3年，在医院里见识了各种各样挣扎在死亡边缘的人，其中最灵异的，莫过于九旬老太赤裸爬窗的事情了。那是她第一次给我讲此类故事，讲的时候还心有余悸，毛骨悚然。那老人我也见过，她曾经是大学老师，在某个夏天因心脏病被孙子辈的人送到医院，被安排在了我母亲身边靠窗的空床位。他们家里人口多，每天都有人前来照顾，但到了晚上，家人并不过夜陪护。老人在医院住了将近1个月，自始至终都需要家人照顾着上厕所或擦拭身子。起初还可以说话，从话语中可以判断出她并不糊涂，但由于年老体衰，很快就变得寡言少语，眼神也空洞了。白天，她时常是盯着窗外，夜晚，睡觉也很安静，听不到喘息声。一天夜里，老太太突然从梦中惊醒，发了疯。已经几周没有下床的她，突然来了精神，一丝不挂地下了床，径直走向病房内的玻璃窗，赤脚蹬在冰凉的暖气片上，一只手竟有些矫捷地握住暖气管，要往上爬，当然，一连几次都没有成功。老太太并不甘心，面朝窗外不停喊着："妈妈，等我！妈妈，我来了！"我母亲连忙叫了护士，护士劝了许久，老人并未察觉，仍痴痴地叫："妈妈，妈妈。"大家猜想，她所看到和听到的，恐怕已经不是眼前世界里的情境了。许久，老人被几名护士合力抬上床，不再挣扎。几小时后，老人便与世长辞了。年长的护士说，类似的事情见过不少，大概是所谓的"回光返照"吧。

我惊奇于此类事情，不知老人在一瞬间看见了什么，或许真像她口中所喊那样，与她阴阳两隔的母亲前来召唤了吧？总之，她大概是携着幸福离开尘世的。我胡乱猜测，却总也想不出一个所以然，回想起自己的诡异经历来，也有些不寒而栗。

我不信我遇见鬼，但我着实遇见过倒霉的事，而且这霉运，像是被什么人设计好了。在一日之中，接二连三赶来捉弄我。

那是我上大四的时候了，某个周末，我在刚搬入不到两年的新家里写论文，家中从未出现过什么诡异的事情，但就在此时，电脑突然出了问题，好像什么人故意按住了删除键，我眼看着，刚刚一字一句敲入电脑的句子，突然被一个字一个字地删掉了一行多，我看着电脑，并未有任何异样，删除键也没有动过，于是我按住空格键想要阻止电脑继续删除下去，口中说："哎，别删别删！"于是电脑似乎是恢复了，几分钟后，它像是生了气，一口气给我删掉了整个自然段！而且刚才是一字一字地删，后来仿佛被人按住了删除键，短短的三四秒钟，一大段就没了。我不信有鬼，只觉得电脑出了什么问题，毕竟Ctrl+Z还是可以恢复回来的。后来我存了盘，骑车去朋友单位写论文去了。忙活了一天回来，骑车到半路，自行车链子掉了，这车老了，确实会掉链子，不过我下车一看傻了眼，链子何止掉了，是断了！断成了一根线！推着车走了一公里，找到一位修车师傅，师傅不解，问我怎么骑的，我回答一没有走坑洼土路，二没有飙车炫技。换了根链条，回到家已经比预想的晚了一个小时，家人已经吃完晚饭各自去忙了。我一个人在客厅中央的餐桌上吃饭，也就5分钟左右，只觉周围一黑，未来得及反应过来，客厅的大玻璃吊灯便从头顶上方擦着我的袖子掉了下来,玻璃散落一地,有的溅到了我的腿上,好在并无大碍,若我的座椅再偏离几公分,这吊灯恐怕就将落在我的脑袋上了。母亲很生气,给装修工人打电话,质问他这是新房,怎么会出现这样的事情?装修工人上门检查,我看到固定吊灯的,不只有4个手指长的螺丝,即使螺丝全部脱落,里面还有两根小拇指粗细的电线,那两根电线全部断开,工人鉴定后说:"像是人为损坏,不给赔偿。"后来经过很长时间的争吵,他才答应免费帮我们换成了小一号的吊灯。

自那天之后,我家再也没有出现过如此蹊跷的事件,我自然也是不信邪的。几年后我们又迁入新居,更无此类事件出现。

在《京城81号》上映的那段时间,朋友们纷纷议论起北京凶宅的事情,说是某某小区闹鬼,而且被传得很邪乎。我不信,所以就当听一个有趣的故事,听完之后也没当回事儿。几个月后考虑租房办公的事情,我在网上查了不少中介,查到某小区的资料,发现这个小区的房价普遍比周围低一两千元,心里不放心怕是中介方的虚假信息,于是便给中介打电话询问房子的情况。中介操着满口东北口音说:"房子还在,确实有。而且拎包入住。"我心中大喜,觉得捡到了便宜,继续问他签合同的事情。中介转而问我:"你们几个人租?年轻夫妇还是同学合租?"我答:"我自己住,上班族。"他的回答令我意外,他说:"我劝你别住,换一个吧。"我好奇,问他原因。他避而不答,说:"要不我从附近给你找一个条件差不多样式的?"我又追问这房子的情况,他说:"没啥,这房子不干净。"后来我想起朋友们议论过的某某小区,上网一查,正是我看中的这间房子的小区。有人说是那小区房间的户型不好，要么是"一箭穿心"型的，要么是卧室带"缺角"的，不是四四方方的，人住着不舒服。

这便涉及了风水问题。大学时，我们的老师曾说过，风水也是靠人养的，人要是品性好，三观正，厚德，勤奋，周围的气场就会变好，运气也就好了。他的看法是，归根结底还是得看人，做善事，不作恶，正应了那句老话——不做亏心事，不怕鬼叫门。

但我确实住过所谓的"一箭穿心"式的凶宅，且那宅子确实有些阴森。那是在泰国发生的事情了，我与几十位来自国内各地的摄影师，为泰国旅游局拍摄宣传片。最后一天的住宿被安排在了曼谷市区内的一座有些年头的星级酒店里，我的房间号是514，拿到房卡的时候心中一凉，觉得这个号码不大吉利，但转念又一想，这是在泰国，泰国人大概没有这个讲究。我拖着行李上楼，酒店很大，房间都是门对着门，整齐分布。我的房间在5层的最后一间，格局与其他房间有所不同的是，这间房并无对门，大门正对着的，正是幽闭狭长的走廊。刷了门卡，推开门，我从屋内向外望去，整个走廊深邃的不可见底，楼道两侧的暗红色的房门并排相对，地面上红色的地毯上看不出绣的是什么图案。走廊尽头的声控灯一盏一盏地熄灭了，近处的还亮着，我深深地咽下一口口水，关上门，内心有些局促不安。房间内的构造更是诡异，床在卫生间旁边，正对着一个大镜子，总感觉有什么人在盯着我看。我安慰自己说,世界上没有鬼，心里有鬼的人才能见到鬼。又想，这酒店上上下下都住满了人，又不是我一个人住在同一户型的房间里，况且，楼上便是我们同行的一位年长的老师。夜里我几乎没有睡好，总能听见楼上那位年长的老师来回走动，并且开门关门的声音，似乎像是来了朋友，交谈甚欢。翌日，我见这位老师眼圈发黑，便问他晚上是否招待客人，一夜没睡。他说，他一直躺在床上，听着楼上沉重的脚步声和撞门的声音。

这些"灵异"现象，自古以来便有发生，且在许多书籍中都有记载，有人可以占卜，能《易》筮，与鬼神通话，像《搜神记》中记载的淳于智，通过易经，帮人找回失物甚至拯救病入膏肓的人。又如蒙古呼风唤雨的萨满，在著名的十三翼之战以后不久，札木合又率兵攻打铁木真和王汗联军，前者阵中的通天巫施法术使得天降暴雨，却反帮了铁木真的忙。而在基督教中，存在着一个叫做"异象"的词汇，经常在教堂中可以听到人们分享这种经历，总有人可以看到我们无法解释的现象。

这世界上存在着许许多多荒诞而又神秘的事情，有时候我们眼睛看得到的，未必是真实的，有时候我们没有看到，未必就不存在。我还是这样，无法证明它不存在的，我便不信它没有；无法证明它存在的，我便对此持怀疑态度。

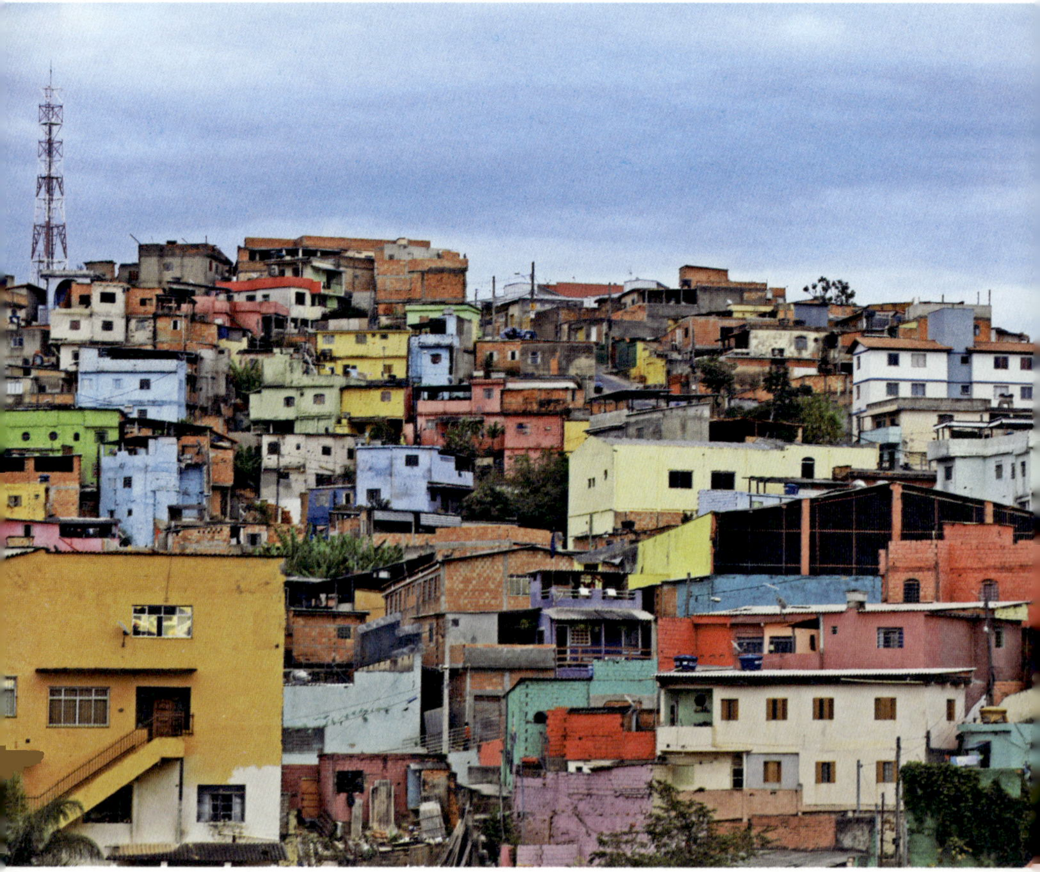

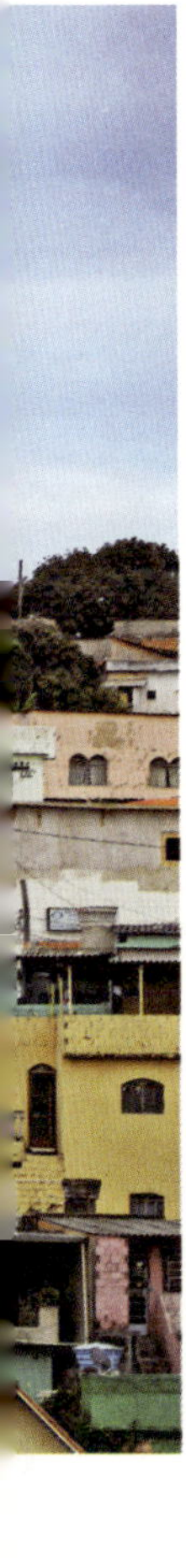

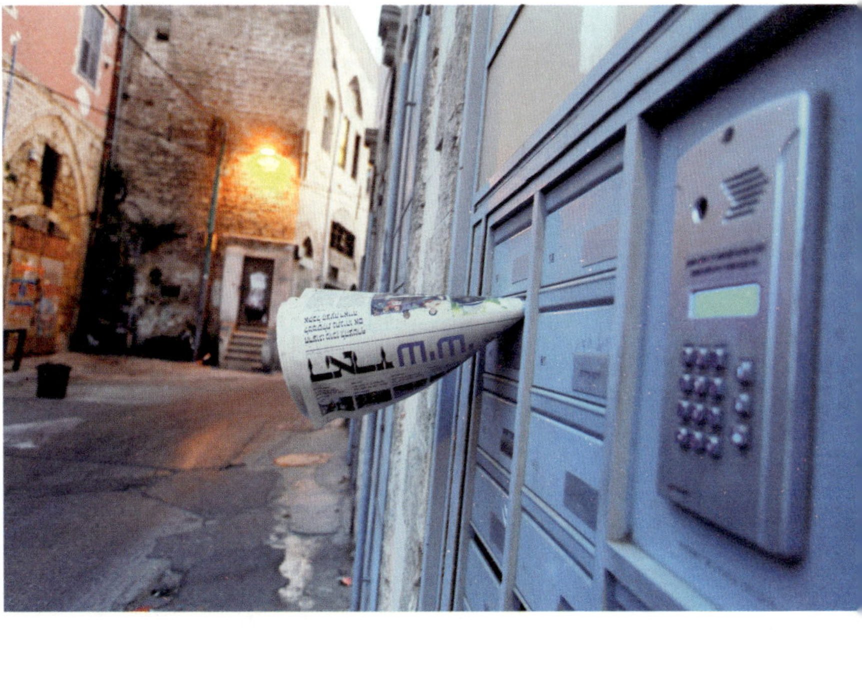

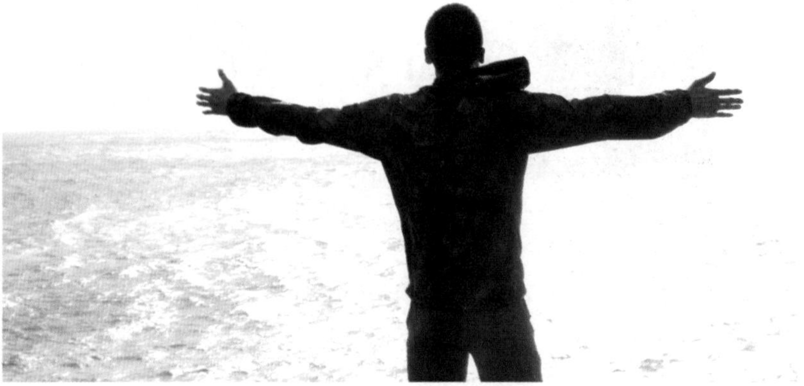

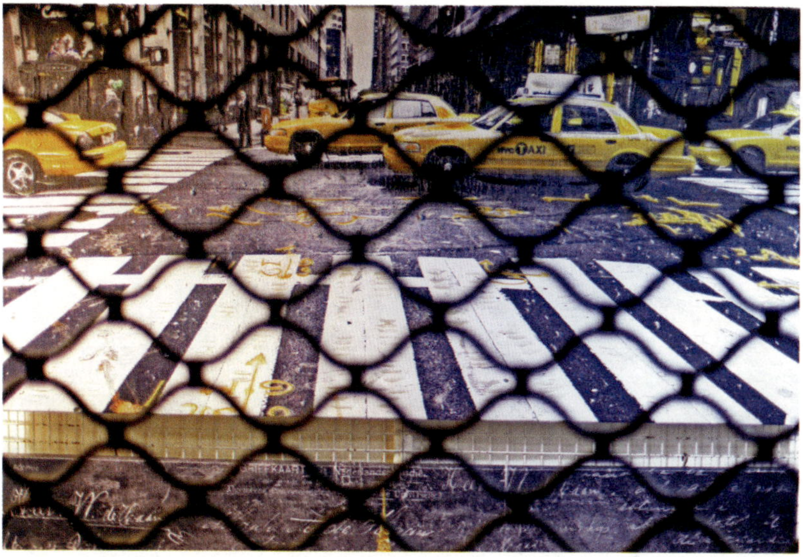

界线

最快的光
用时 8 分 20 秒
从太阳抵达地球
成就了世间万物

地球再大
自转 24 小时,日出日落
公转 365 天,冬去春来
物质自生自灭

距离和规律
比随意的思想可爱
心中画一条线
沐四月春风

心中画一条线

穴居人的口头禅

听说贵州的安顺有一个地方，号称全亚洲最大的穴居部落，网络上的信息寥寥。我转辗问了身边许多朋友，说是里面还有一个小学，孩子们的生活和学习条件都比较艰苦。来到安顺之后，听当地人说洞穴里的小学已经搬走了，学生们一律到外面接受更好的教育，这自然是一件大好事。不论如何，既然已经来到了这里，这洞穴，必定还是要去一趟的。

问贵州的朋友，他也没有去过洞穴，他说凭他的印象，从市区驱车1个小时便可以到达。

我们一行五人是在瓢泼大雨中启程的，柏油路走了一半就没了，通往洞穴的一条路正在维修，不容通过，只得走崎岖泥泞的另一条路，又经过了两三个小时，终于抵达了道路的尽头。雨已经小了，淅淅沥沥打在车窗上。我们把车停在一片工地旁，正在吃午饭的工人们就全呆立在当场，端着饭盆，笔直地站着，看着我们，那眼神看不出是好奇还是惊讶，只觉得空洞，要把我的五脏六腑看穿一般。与工人们简单沟通了几句，他们称洞穴为"中洞"，大概为"中央的洞穴"。又询问路的情况，他们龇开牙笑了,皱纹立马在脸上开裂,沿着他们的嘴角嵌出花来。其中一位年长一些的师傅挥起手里的筷子指着山的另一头:"你们得走过去了,那边不通车。"他所指的地方,除了绿得发暗的群山,什么也看不到,没有路,更没有人。

"下面有一条小路,你们只管走。下面的路没有岔路,大概四五十分钟就能到了。"

局促不安的沿着这条穴居人出山入山的必经之路行进了一公里,雨停了。高兴不起来,雨后的路况依旧不好,特别是这湿滑的山路还没有任何诸如围栏的防护措施,路旁满是面积以平方米计算的蜘蛛网和枝芽茂盛的带刺植物。山里的空气凉且湿气大,裸露在外的皮肤也是凉的,身体内的每一绺肌肉却热得发烫,身上已经湿出了汗,衣服皱巴巴地贴在身上。大家在山的转角处歇了下来,男人一侧,女人在另一侧,让山和树成为了天然的遮挡,换了干爽的衣服,撒了憋了一上午的尿,吼一声,继续向前走。

走到风口处,就可以看到洞口了,那天然的洞口在另一座山中央,山还很远,那洞口像巨兽的嘴,朝我们面前的方向微微张着,似乎是在沉吟低语。风是跋山涉水过来的,制冷的力道比任何空调都要强劲几分。沿路偶然遇到见人便笑的苗族人,凡是打招呼的人,都会得到他们的热情回复,当地苗族人的普通话不是很好,性格也比较内向,极少数会主动发话,倘若我们问起问题来,他们就认真且简洁地回答,可无论对话怎样的仓促，他们总会以一句美丽的句子收尾——"来家坐啊"。像回到了儿时的胡同口，看街坊四邻招呼熟人。

当地人脚力甚好，我们还没走到洞口，方才超过我们的一位男子已经又从家出来，赶着山羊下山了，那羊群竟然被训练得也知避让，让我们走这细窄山路的内侧，它们从外道贴着山崖过去。

"去放羊啊？"我打招呼。

"嗯，是。"男子应道。

"离洞口还多远啊？"

"不远，就到了。"男子甩着鞭子下去。

"路滑，小心点！"我冲正奔跑着的男子喊。

"哦！不要紧！"

那洞穴不是一般的大，近在眼前方觉震撼，像要吞噬一切的黑洞，先吸进了湿冷的空气，又吞入了万籁的声音，最后连光也跑不掉，完完全全地被它吃掉。我们站在它的边缘抬头望，莫名的产生一种压迫感。

正是暑假时间，洞穴中的孩子们聚集在洞口前的一处空地上。我与这些小朋友聊天，小孩害羞却又挡不住这个年龄特有的调皮，女生之间互相开着玩笑，个子最小的更加口无遮拦："大哥哥爱上你了。"被说的那个女孩羞地咬着嘴唇，转身跑开了。那欢笑声在山洞里阵阵回响，悦耳动听。

花5分钟时间能在山洞里走一圈。几间供人居住的房屋阴潮湿冷，完全没有像样的电器。有个土地的篮球场，篮筐歪的，摇摇欲坠，应该已经许久没人打球。废弃的教室在最里面，光线最差，里面还堆着柴火。洞里的成年人说，现在山洞里的学校已经停止授课了，孩子们开学后需要到几公里以外的学校上学，好在学校可以供他们住宿和餐食，他们每周末回来一次。洞穴里有位大姐是从外面嫁过来的。她告诉我们，在洞里生活有很多不方便，每次生病，给孩子买奶粉和一些生活用品，都要去县城，走很远的路，一来一回就得3天以上。村子里主要的收入来源靠卖玉米和低保金。她在这里住的也算习惯了，不愿意搬出去。大姐只看我们一眼，之后便一直把眼神撇开，或低头看孩子，或盯着屋子里报纸糊的墙壁发呆，大概是有一些事情，不肯被我们发现吧。只是在最后才面无表情的低声说："搬不得，没得地了，活不了。"

方才开玩笑的孩子是从大城市休学回来的，与其他孩子相比，她年纪更小，却更机灵，衣服上不见污渍，齐整的刘海下面，露出清秀的脸蛋。她一直跟在我们屁股后面，起初只是有意无意地闲聊，问东问西，后来开始主动管我们要东西，其实我们是为孩子们准备了一些糖果和蛋糕，

173

但不能白给,需要孩子们做些劳动或者唱首歌的,抑或传予她们一个道理,这是公益活动的基本常识,我们必须让孩子们懂得,要用自己的劳动换取金钱和物质,不然他们会无尽地自卑下去,甚至可能利用贫穷,做起出格的事。

对于这个女孩后来的举动,我们着实有些舌桥不下了。

在不断给了她一些零食和糖果之后,我们让她把礼物与其他的小伙伴分享,她敷衍地应和着,却没有动身,紧接着又向我们讨钱买饮料,这回我们说什么也不能答应,她死活磨人,见我们态度坚决,终于丧失耐心,张开稚嫩的小嘴骂道:"你们不给就滚蛋吧,滚得越远越好,以后再也别来了!"此类的脏话一连骂了好几句,我们像被拳打脚踢,直到脑仁疼痛欲裂了,才终于敢相信此话是出自这个小姑娘的口中了。

说这话的孩子,才不到 7 岁。

返程途中,我们都沉默了许多。听工人们说,他们会在这里建成一条索道,到时候这里也会收取门票,成为一个旅游景区,我们下次再来,可以选择走山路,也可以乘坐缆车,坐缆车的话,可以节省不少时间。有了挣钱的营生,工人们自然笑逐颜开。山洞里的居民大概也能有经济条件去做更多的事情。我呢,只怕苗族人那句"来家坐啊"的口头禅,不知该对谁说了。

三叹

几乎每次出行都会遇到一些让人扼腕叹息的事情,这其中,许多已经见怪不怪,像遗传病一样滋生在各个角落。愤慨之余,更值得深思的是其背后的缘由,无奈的背后,更是无如之奈。今日信手拈来几件小事,聊以记之:

一叹——花败惜。

20世纪90年代末期,我在挂历上看见一幅画,黄海连天,若不是右下角的小字注释着"青海",我会以为是外国风光。那"黄海"并非真海,而是一片油菜花海。工作后,我在婺源遇见过油菜花,炊烟升起,如听一首温婉动听的曲;又在重庆远郊撞见过油菜花,不连成片,似拂袖遮面的美女。可能是由于先入为主的刻板印象,我总觉未看到青海的油菜花,有些缺憾似的。

由于工作原因,我去过三次青海,每次都怀揣着一个油菜花的梦。前两次一次是在4月初,清晨的青海湖边还有尚未化开的碎冰,大地仿佛被封上的箱子;一次是9月底,闻见泥土四溢的芳香,却没有见到花,错过了鲜花盛开的季节。于是这赏油菜花的梦像吸了水的海绵,越发变得有分量了,想那油菜花应该是沙漠一般广袤无际的,风一吹,大概是奔腾的河水一般波澜起伏的。

第三次去青海，恰好赶上花开的7月，汽车从西宁一路西行，天似大海，云成了翻滚的浪花，一路途径过些许低矮的水洼，天上生长的便映在了水里。草原上的马犹如呆立的木桩，绵羊群像镶在了绿布中的玛瑙，这高原上的草是草中极品，那吃草的生灵大概幸福得要死，像人整日生活在涮羊肉、面包圈和巧克力中央吧。

终于看见连绵的油菜花平铺在眼前，阳光打下来，花黄的鲜艳，散发着神圣的光辉。远处小丘上的草绿得亮，云的影子投在一片草地上，被风带着飘动。脸上是硬生生的烫。那花田又像宴会上方方正正的蛋糕，插在上面的电线杆是蜡烛，围着外面走，发现它已经被笔直的土路切开，色香诱人。路上有骑自行车的农家，一直摇摇晃晃地骑向对面的山丘，消失不见了。径直走进去，才发现土路两旁有大片的蜂箱，蜜蜂在里面嗡嗡作响。

那骑车的农家又回来了，是个四十岁上下的妇女，草帽底下是一双翠菊花瓣一样细长而弯曲的眼，她笑着与我们打了招呼。她问我们从哪里来，又关切地问我们吃没吃饭，还不忘提醒穿短袖T恤的朋友：高原不比北京，好处是不曾有雾霾，这坏处嘛，是空气中没有了杂物，反倒异常怕晒了。她推着车随我们走，边走边聊，途经一片枯枝败叶，她看了叹气道："现在爱玩的人多了，看上了我们这里，我们高兴还来不及。可很多人为了拍照，哪里没有路就偏要走哪，经常踩坏农民辛苦种的油菜花,每年光是因为这个,就造成了不少的损失。"我听了心里很不是滋味。

梁实秋在《拥挤》一文中讲到推行新生活运动,我看,到今天这"运动"依旧需要进行,出门旅行是好事,增长了见识,丰富了生活,释放了情怀,也劳烦各位,让心中住下一个"他人",尽量别给他人添麻烦吧。

二叹——水莫平。

我有一表姐,比我早7个月出生,小时候通常听家人说,"男孩女孩,一碗水端平",所以通常是有我的,就有我姐姐的,我姐姐有的,我亦有份。这样一来,小孩之间很少出现矛盾,从小也十分要好。

某次回国,飞机降落在首都机场时大概已是深夜12点多,连续的飞行以及手机里永远也回复不完的工作信息让我身心俱疲,我匆匆取了行李,捧着手机,朝出口走去。出口处有一个检查大件行李的安检通道,也有一个工作人员的专属通道,两个通道紧挨着,宽窄、颜色都相近。由于时间已晚,排队的人不多,我没有抬头看清标示,以为两条通道都可以通过,就选择了相距较近的那条,我走错了。

工作人员年纪比我轻,不知从哪跳出来,指着我的鼻子粗鲁呵斥,说:"你看不见吗?这是你该走的吗?"这值夜班的小伙子精神头不错,白天一定睡了好觉。他双臂平举挡在我面前,勒令我走另一条通道,态度蛮横的,好像我成了杀人重犯,随时要开枪把我击毙一样。当众被批评一番,内心很不好受，我连忙认错低头认栽，退了回去，老老实实从另一条通道排队。内心不断自责，正因为走路的时候经常看手机，我才容易忽略指示牌甚至乘错车。

我把手机放进兜里，看到小伙子与女同事眉来眼去地聊着无关工作的事情，等终于轮到我要过安检的时候，旁边一个外国人竟然大摇大摆地从工作人员通道过去了！他西服革履，头上戴着耳机，右肩上挎着个黑色的公文包，左手拽着轻巧的登机箱，步伐很快，像是遇了急事。工作人员的思维显然还没有从聊天的内容中跳跃出来，下意识地要拦，眼前却只留下外国人的背影，我听到他们说："老外，算了，让他走吧。"

这就尴尬得仿佛回到了《灯下漫笔》中，鲁迅评价中国人的那个时代了。首都机场况且如此，换做其他地方，何谈斠若画一？

有人说可能是语言问题，工作人员不愿与外国人较真。依我的经验，工作人员完全不用考虑无法跟外国人沟通的问题，因为我们的官方语言就是汉语，行走四方，世界上任何一个国家，也没有哪个机构会专门用汉语跟我们说话。若语言真有问题，我不相信偌大一个首都机场，会找不到一个翻译。我们对待金发碧眼的人，起码要与对待黑发黄肤的同胞态度一样是吧？只可惜，一些人自己就把自己看低了一等，到头来外国人未必念你的好。

《三国志》中有云"水至平而邪者取法，镜至明而丑者无怒。"规章制度颁布了，公允踏实的执行才能叫人心里服气。

三叹——凄风晚。

陇南的 4 月初丝毫没有春天的痕迹，西和县桥头附近的德州扒鸡依旧营业，身披军大衣的老板见我们眼熟，得知我们年前来过，爽快地允许我们拍摄照片并进行了简短的采访，告别时他坚持要赠送茶叶蛋给我们，我们不敢多要，只留下一个。

此行的目的是回访草滩教学点，因"80 公升"曾与麦田计划一同，号召爱心企业帮助那里的师生修缮了教舍。时隔一个寒假，微尘基金又托我们为那里的贫困生带去善款，憾不能挨家挨户帮助，只好由学校的董老师替我们筛选出最急需帮助的 3 位学生及其家庭。我们在县城购买了些许文具作为礼物，也一并带给董老师，听说孩子们经常有逃课甚至不写作业的情况，就叮嘱他，把礼物奖励给表现优异的学生。

教学点不大，只有两间教室，董老师就是校长，也是学生们唯一的老师。他教孩子们识一些基础汉字，算一些简单算数。闭上眼，教室里能听到老师讲课的声音，粉笔画在木制小黑板上的声音以及孩子们写字的声音。起风了，屋外头顶的枯树就摇摆起来，像抽鞭子，发出呼呼的嘶吼，大铁门"咣"的一声撞上，引得孩子们探着脑袋张望起来。一只公鸡气宇轩昂地走进教室，班长便起身把它赶出去，学生们对此倒并不觉得奇怪。

放学了，董老师把贫困生留下来填写资料，领取助学金。后又带我们去了其中一位2年级女生的家。她家那树林中的土坯房子离教学点不远，走路也就5分钟的距离，家中只有年迈的拄拐老妪和刚会走路的幼童，女孩与老师领我们进门，来到了院子中央，围墙中因汶川地震遗留下来的尚未修葺的裂缝依稀可见。这院子里有两间卧房，其中一间带厨房，它们都像遭遇了一场劫掠，满地零乱的堆着些东西。还有一间房大门紧锁，像是储物室，却也没有什么物品，玻璃已经不见了，风吹的里面满是杂乱的稻草，大概是久无人气的废宅。见生人来，几只瘦长的猪在圈里亢奋地哼唧着，女孩过去给它们舀几瓢水，抓点饲料，猪就不叫了。

看天色渐晚，我们问老人晚上吃些什么，老人回答说不知道，更多的话听不太懂，只得让董老师翻译，他说孩子们的母亲前两年病死了，父亲没有进城打工，倒是有膀子力气，昨天去帮人砍树，不但砍完了规定数量的树，还多砍了几棵，他以为这样表现好，下回有此类活计人家还找他。谁知老板说他惹了麻烦，砍了不该砍的树，不但扣了工钱，还叫人把他逮起来了。

我问她中午吃的什么，老人默不作声。她那干瘦的手背好似古树的皮，皱纹如沟壑一般凹陷下去，撑在由树杈做的拐杖上面，整个身子与这根树杈融为一体了。风冷，老人眼皮松得下垂，两眼却直直地盯着门外。顺着她的视线，我忽然发现，院外的一棵杨树发了嫩叶，在晚霞的映衬下，都格外耀眼了。

心中画一条线

不知是什么样的心理作怪，人们印象最为深刻的事情，往往不是重复做了最多遍的。譬如我去过 4 次台湾，累计在台北的时间超过了 10 个昼夜，而台中，我只去过一次，满打满算也不到 24 个小时，刨除吃饭、睡觉以及乘车往返于市区和高铁站之间的时间，我又去电器商店买了剃须刀和充电线，剩下的一段并不算长的时间里，我几乎都花在了台湾美术馆上面。那里的一次遭遇，却给我带来了镌心铭骨般的记忆，甚至超出在台北的每一天。

美术馆大而安静，内部划分为不同的展区，几乎每一个展区都会有一位工作人员，他们大多只是在展区内静直站立，必要时也会用精练的语言回答一些参观者提出的问题，当然他们更多的还是负责提醒大家注意参观要则，保护艺术品不被破坏。

台湾美术馆与国内大多数展馆最大的不同是，这里几乎没有围栏，艺术品就直接裸露在人们眼前，叫参观者看着大呼过瘾。

有几幅画我看得入迷，瞪大了眼睛端详，画中的光影和线条运用得无比到位，令人拍案叫绝。我心中一次次赞叹，想艺术家们创造它们之时，使一张白板变成具有灵性的曼妙作品，从无到有，定是受到过长时间刻苦的磨炼，而这种磨炼到了一定程度，到最后比的是作者倾注了怎样的情感。

我看得专注，许久才注意到这部分展区的女工作人员正向我挥手示意，并且礼貌地冲我打了一个无声的招呼。我知道出了状况，便定住身子，有些疑惑地看着她。她穿了一身工作装，脸庞的笑容叫人觉得舒心。见我不解，她又伸出戴着白手套的右手，指了指我的脚下。我低头，看见自己的一只脚正踩在一条红线上，那一瞬，我像被开水烫到，飞快退回到红线以外。

原来，美术馆里虽然没有围栏，可地上却画着不可触犯的"红线"，并非实体围栏，却也起着同围栏一样的作用。我羞愧难当，红着脸对工作人员点头示意自己已经知错，再也不敢靠近那条红线了。

细想下来，在我们的生活中，处处可以见到这样的"红线"，如一些商场收银台前的"一米线"，地铁候车时屏蔽门两侧的候车区，公路两旁的自行车道等等。不久前，一位好友对我说，他学车时，教练曾经对他说"道路中间的实线就是墙",若司机把那些实线看作高墙,开车时就很少压线了吧?

依我看,我们的心中也应该有这样一条红线,让它作为我们行为的界限和道德底线,做人做事,不要越界。

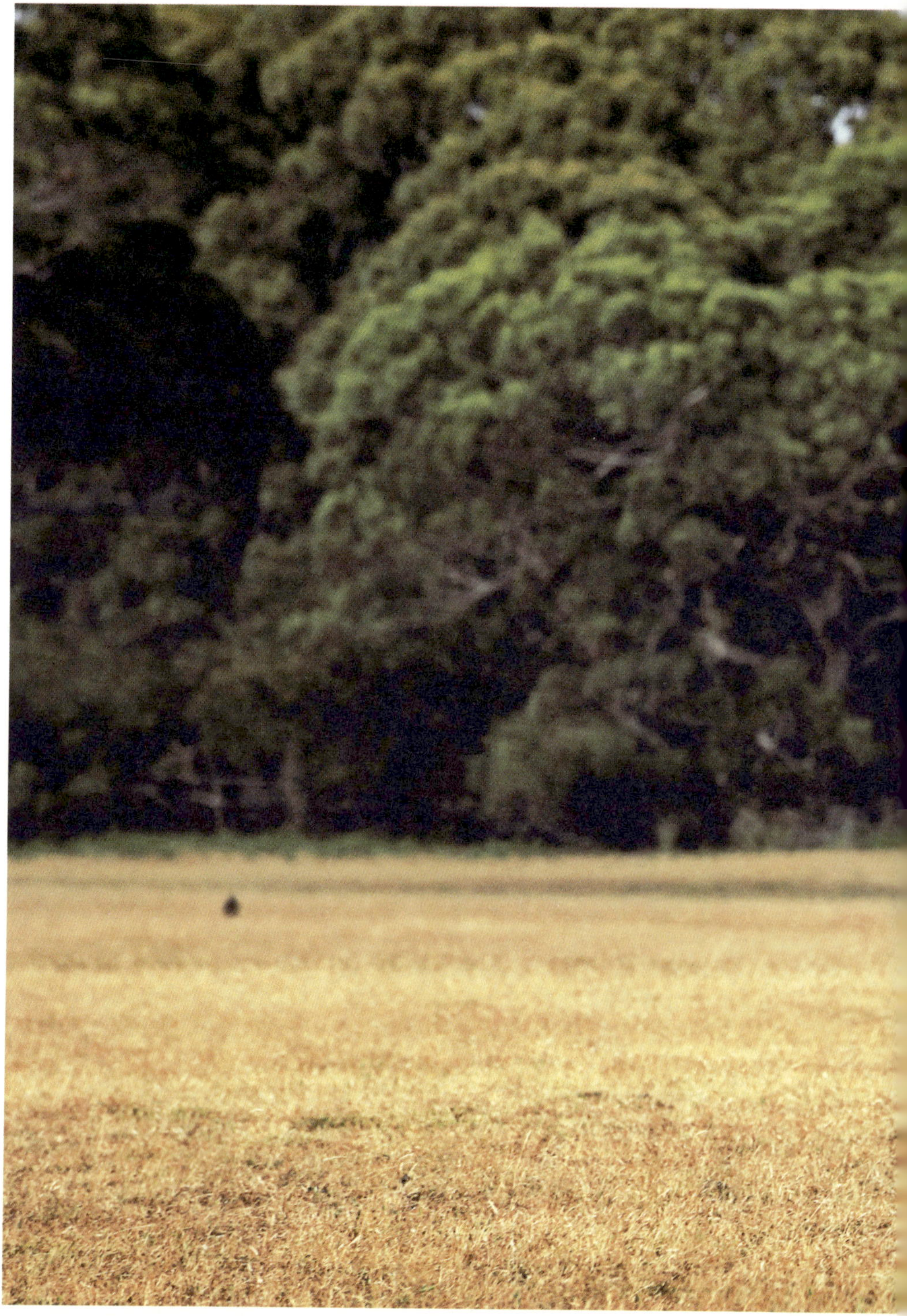

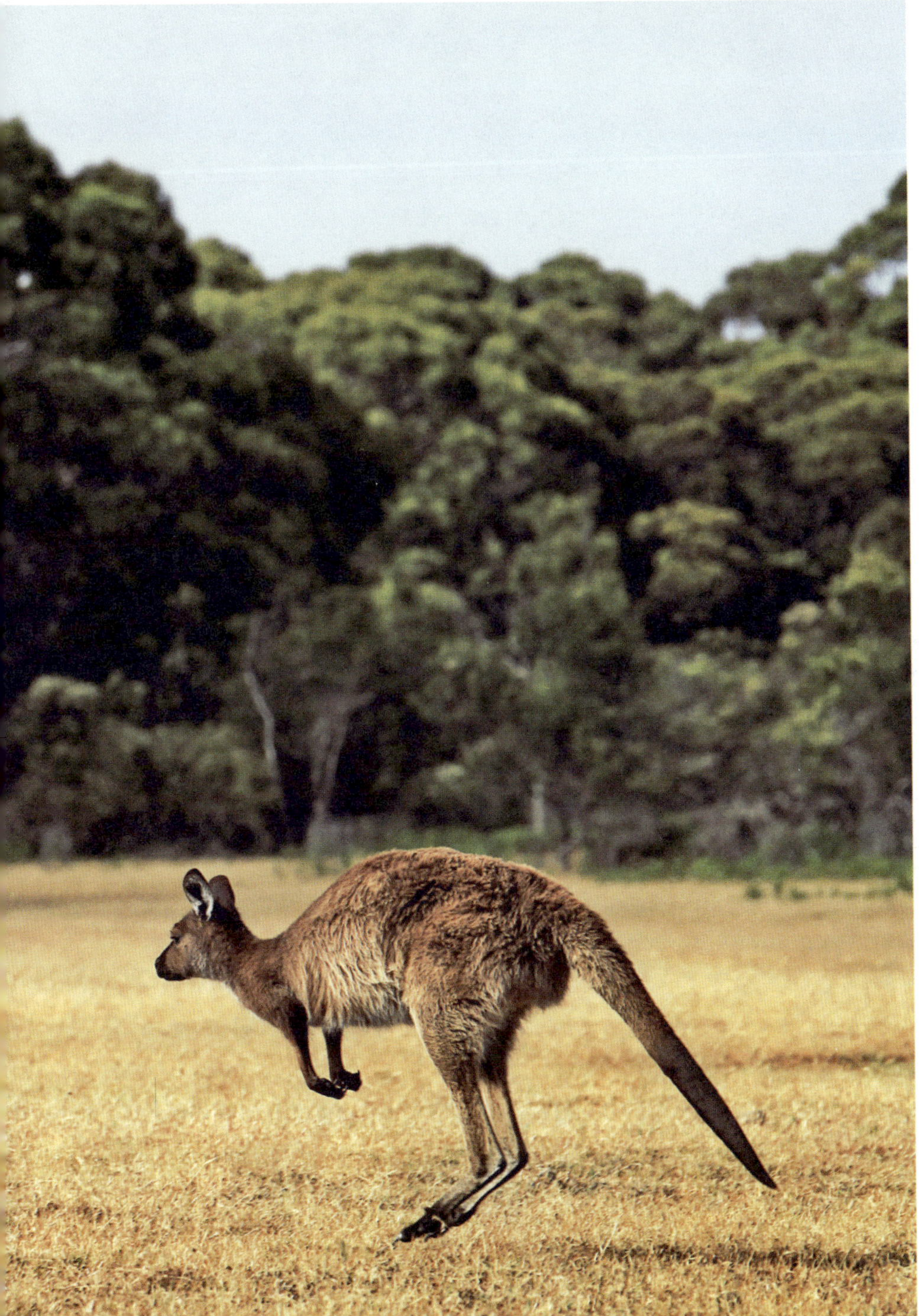

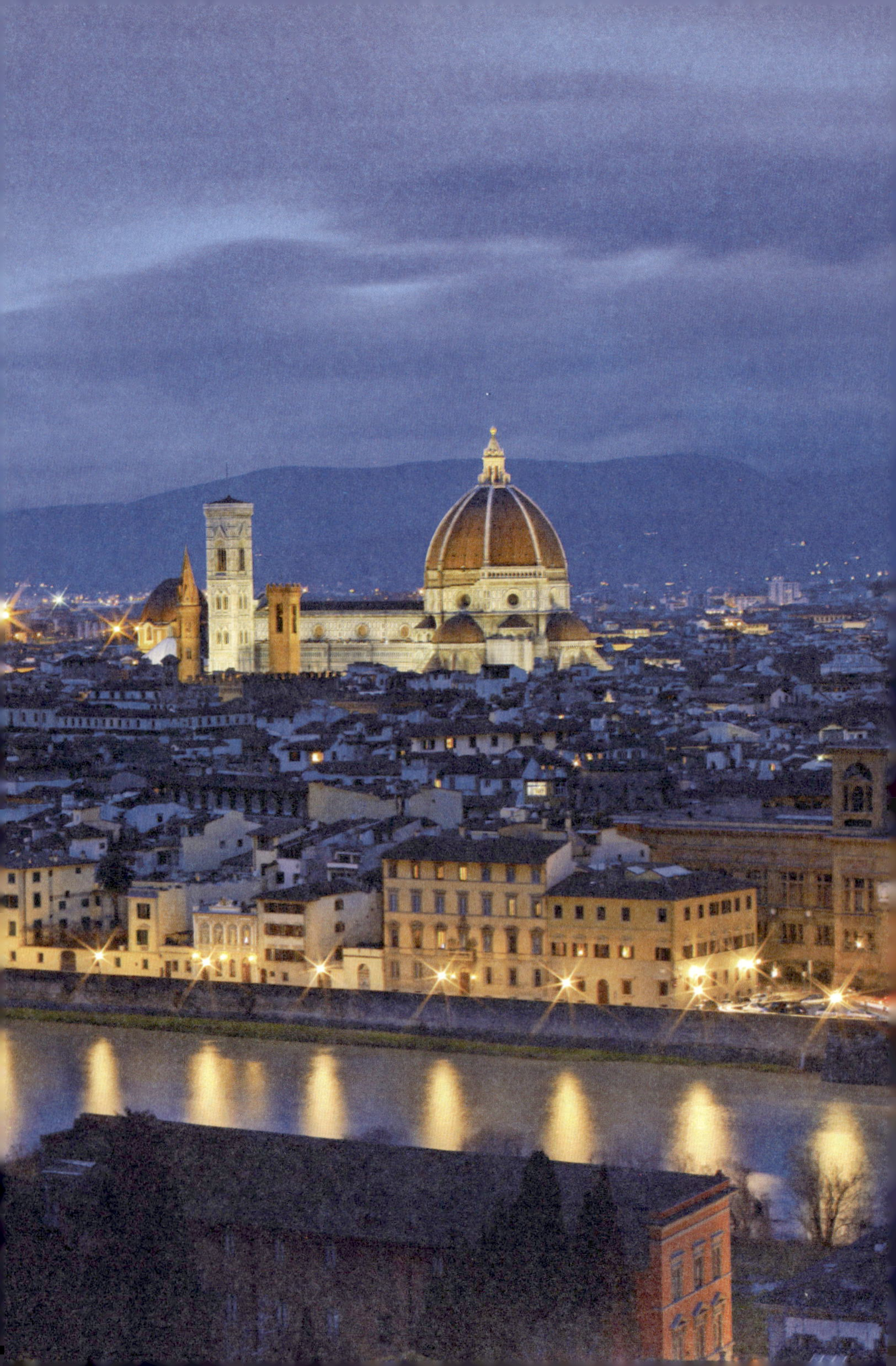

牵挂

在某日熄灭以后
回家
让叶作我的记忆
我比夕阳更加留恋

在最寒冷的冬天
靠岸
以后每一天的阳光
都比前一天更温暖一些

# 愿我陪你过冬

不经意的陪伴

我从梦中惊醒的时候，周围的乘客正上下打量着我。

那是北京时间的下午 2 点左右，我正坐在地球对面的一辆长途大巴车里，行进于贝洛奥里藏特和圣保罗之间。几天的疲惫压着身体，死死地靠在不算宽敞的椅背上，不巧的是，我的座椅靠背坏了，稍有重力压上去，就倾斜到底，好在经过解释之后，后面的乘客并没有特别在意。

我调整了一下坐姿，扶起座椅靠背。身边的 P 君对我说："你刚才喊出了声。"

我抱歉地朝其他乘客回以微笑，示意他们没有出什么问题。

大巴车行驶在寂寞的道路上，夜色中的窗外一片漆黑，我闭上双眼，隔绝了现实的世界，姥姥的身影再次闪现出来，她在楼道里驻足痴望，满脸愁容。

"这个是什么？"她接过我递给她的水果。

"这是橘子，您最爱吃的。"我说。

"可是,嗯,这个怎么吃？"她面露疑惑,花白的眉毛紧皱着,心急如焚。

不是因为急着要吃橘子，而是吃了一辈子的橘子，现在竟然忘了怎么吃了。

"这个不能直接咬，"我从她手里抢过橘子："得剥皮才行。"

可能是我动作过快，吓到她，她竟然哭了，哭得认真，像个婴儿。说实话我有点害怕，因为舅舅和姥爷先后过世的时候，我都没见过她哭。姥姥的一生历经坎坷，或许晚年的失忆，是上天对她辛苦一世最好的馈赠。

她只是想我了，想得深沉，还带有一点点任性。我是姥姥最疼爱的晚辈，在她记忆混乱以后，唯一还能叫出来的名字，就是我的。

再一次惊醒，我睁开眼，慌忙翻起了和母亲的微信聊天记录。

就在前一天，母亲给我发了一篇文章，题目大概是：如果你也有一个好姥姥，一定要转发。当时我正藏在贝洛奥里藏特的某个废弃停车场，用长焦镜头拍摄对面的贫民窟，像侦察兵一样，提防着身边一切不寻常的动静。我扫了一眼手机，母亲经常给我发一些要求转发的心灵鸡汤，我固执地认为，这种信息的目的就是为了营销，骗取曝光率的，只不过手段高明些罢了，于是我习惯性地关掉手机屏幕，把它揣进兜里。

终于找到那条微信，我迫切地点进去，读到最后，汽车引擎声下淹没的那个抽泣的身影，已是百感交集。

几个月前，姥姥平静地走了，仁慈的，竟然没有闹出任何声响，也没有扰乱任何人的工作和生活，她去世的当天，我正巧刚结束出差，在返京的候机大厅收到母亲发来的短信。翌日，我发着低烧，在细雨中捧着老太太的骨灰盒，为她送行。母亲说，姥姥对我最亲，甚至胜过对她，临走前一天，老人也发着低烧。也许只是巧合，但我更愿意相信这是一种心电感应。

我把那条母亲转给我的微信转发出去，引发了很多朋友的共鸣，大家都有着或者曾经有过一位重要的亲人，不论你在哪，你在做什么，他都会默默地关注并且祝福着你。

我肯定，他们也会在你风生水起事业有成忙碌到即将忽略他们的时候，在不经意间悄然出现，助你成长。

就像我的糊涂姥姥，即使已经不认识橘子，却还记得我。

喂，你怎么这么难过

第一次在机场刷夜，是我去印度尼西亚的那次。

那天我刚搭乘晚上 10 点多从沈阳起飞的航班回到北京，转天的凌晨 6 点就又要飞去印度尼西亚。中途回家交通不便，我决定在机场凑合一宿。

这一宿对我来说，其实并不算难熬。平时在家经常工作到凌晨两三点才睡，飞机飞抵北京的时候已经接近零点，而 6 点起飞的航班，意味着凌晨 4 点多我就可以办理登机和出境手续了。我筹划着这 4 个小时该怎么安排，先去吃了一顿夜宵，然后找了个相对人少的角落，坐下看书。

人少的角落往往位置不大好，比如这次，就面对洗手间。这样的好处是由于位置比较偏，倒也不会经常有人打搅。身边成排的椅子上躺满了彻夜未归的乘客，偶尔有精力充沛的小孩跑过来冲我挤鬼脸，一会儿又被家人强行抱走。机场里的灯光有些昏暗，我换了个舒服的姿势，把背包放在身边，腾出空间，让光线照射在书上。

"我没错！我没错！"不知过了多久，一个声音歇斯底里的从斜后方传过来。

它像是从哪里挣脱出来，带着疲惫却毫不妥协地打破暂时的沉寂。

"还说没错？"第二个声音听上去年轻一些，铿锵有力。

我扭头看过去，一位年过八旬的妇人正疾言怒色地朝我的方向走来，老人家已是满头银丝，背部高高隆起个山丘，步履迟缓。与她并肩的，是一位中年妇女，大概是她的女儿，焦急万分地向她交代着什么，话语中流露出的更多是担心，而不是指责。与此同时，尽管老人毫不服气，中年妇女依旧坚持紧紧拽住老者的手，依着她走路的节奏，放缓自己的脚步。她带她走进了卫生间，我的周围又恢复了平静。

原来，老人患有阿尔茨海默病（俗称老年痴呆），刚才见女儿睡着，不忍心把她吵醒，一个人去找厕所，走丢了。

二人突然出现的一幕，比手里书中任何一段文字都更加真切，叫我再也无心阅读，同时勾起我对辞世不久的姥姥的回忆来。

姥姥的年纪，与这位老人相仿，不幸的是，她的老年痴呆症状来得更早，也更严重一些。

姥爷去世得早，在我小学毕业以后，家里的老人中，便只剩下姥姥一位了。记得我还在上高中时，父母离异,之后有几年我暂时住在姥姥家，母亲下班回来已经很晚，为了让我们都能按时吃上饭，老人家硬是要坚持每天买菜、做饭。

我们所居住的小区面积不大，来来回回的人彼此都面熟。一次，小区里卖菜的商贩叫住我母亲，向她告状说姥姥上次买菜，竟然要把100块钱当10元钱花，只买了13元钱的菜，却要付给她103元。好心的摊主让母亲意识到事态的严重性，从此以后便没收了姥姥的"零花钱"，自己把买菜的工作揽了过去。一段时间之后，姥姥心里会着急，嘴里时常嘀咕"我的钱怎么就没了呢？"我告诉她事实的真相，她无论如何也不相信。以后家人每次提及这件事，姥姥都不会承认，反驳说："你们诬陷好人，我怎么可能做出这样的事儿呢！"说罢眯起眼睛，眉开眼笑地捶打那些让她很没面子的人。

为了让姥姥多休息，后来家里生活拮据起来，从每月并不算多的开支中节省出一部分，请了保姆。一段时间以后，老太太以"不习惯陌生人成天在自己家待着"为由，擅自开除了保姆。直到一次我提前放学回家，才通过她口中的抱怨得知，真正让她不适应的，是我们打乱了她每天买菜、做饭的一如既往的生活节奏，这让她有些心慌，不知该做些什么了，总觉得自己像一个多余的人，没了价值。尽管她内心越来越厌烦这些家务事，但若不让她干，她会担心我们挨饿，大概她一直以为我们都生活在灾荒时期吧。尽管母亲每天不厌其烦地重复解释：不用操心我们，我们不会挨饿，也不会因为她不做饭而不高兴。

又过了几年，我上了大学，姥姥的记忆则只能保留几分钟了，我每周从学校回来一次，她会问我："吃饭了吗？爷爷还好吧？"诸如此类的话，一天能问不下50次。她记得我，只不过记忆错乱，总以为我是舅姥爷，从她爷爷家回来。那个地方，新中国成立后不久就已经拆了，就连我的母亲，也只是听说过没见过。她每天都喊着，要回去看看。

因为阿尔茨海默病，老太太也走失过一次，而且情况比较危险，在那之后很久，家人还一直心有余悸。那次经历，是缘于她高血压复发，在医院进行康复治疗。某个下午，家里出现紧急状况，大家都急忙过去处理，老人出现了半个小时左右无人看管的情况，不巧医院的护士也照料不足，她竟然自己拔下插在手上的针管，自作主张地"出院"了。

护士发现后给家人打电话，说她拔下的是已经输了大半瓶的利尿剂。母亲知道后心急如焚，动员了所有的亲戚朋友沿着医院附近每一条道路去寻，终于在2个小时后从一个陌生的家属区中找到了人。当时她正在问路，母亲真真地听到，她在问那个新中国成立后就已经被拆迁了的地址。庆幸的是，人没事，也没有尿裤子，要是再晚一些，天一黑就不好说了。打车回家的路上，母亲托着已经绵软无力的姥姥的身体，听到她迟钝地说："你抱我了。"

压抑了许久的泪水，终于在此刻夺眶而出。

母亲泣不成声,在她怀抱中的姥姥,随着汽车行进带来的震动颤抖着,不解且心疼地看着她问:"喂,你怎么这么难过?"

那一次姥姥是安然无恙地找回来了,母亲却大病一场。

姥姥生命的最后两年,几乎都是在床上度过的。我工作之余回家看她,发现她的眼神越来越清澈、单纯;她开始喜欢咬被单,直到牙齿掉光;渐渐的再也叫不出我的名字,也不会喊着去找爷爷;傻笑时,舌头在嘴里一拱,会不小心流出口水……这便是,已经回归到生命最初的样子了吧。

眼前是中年女子挽着老者的胳膊从洗手间缓步走出来,让人感到意外和欣喜的是,老人已经怒气全消,此时的她眉头舒展,显得安详和蔼,与十几分钟前判若两人。也许在这十几分钟内,中年妇女也习惯性地做着我母亲曾经多次重复过的事情。她要扶着老人家上厕所,然后轻轻地帮她穿上裤子,为了防止老人摔倒,也必须用一只胳膊抱住她才可以。可能,这个并不规范的拥抱,就足以舒缓她激动的情绪了,性格内敛且保守的长辈对于拥抱的苛求,是年轻人根本无法想象的吧。

中年女子依旧严厉地告诫着自己的母亲,告诉她下次若有任何事情,都要提前向家人请示。老太太的右臂被她挽着,左手缓缓地攥起拳头,笑嘻嘻地捶打着自己的女儿:"行啦行啦,还不够你啰唆的呢!"

大哥很好骗,但它依旧很爱我

大哥是我的猫,之所以管它叫大哥,是因为不论我怎么叫它,它都不会抬眼看我。

1. 风沙与厮杀

第一次见它时,它才只有手掌心那么大,颤颤巍巍地要从鞋盒子里挣脱出来,像一团黑色的绒球随风摆动。

我按照约定好的时间来到位于北京通州的梨园地铁站,站在扬起尘沙的狂风中,眯着眼睛,拨通了一个电话。小猫的主人并没有接听,而是直接挂断了电话,再打过去,依然挂断。我应该不是上当受骗,决定再等一等。电话那头的是一位收养了很多流浪猫的女孩,最近一只母猫刚下了小猫,自己无力供养,在网上发布了领养信息。我寻着信息联系到她，约好时间和地点不见不散。

"不好意思，我晚了。"她一下子就认出了我："我不方便接你电话，但是我知道你不会走的。"眼前的女孩个子不高，微胖，脸颊被冻得通红，她双手捧着一个黑色的鞋盒子，仰起双下巴笑着看我。

"啊，那个——"我揉揉眯入尘沙的眼睛。小时候我总跟表姐炫耀自己眼睛大，容易眯眼，直到一次姐姐突然忍不住揭穿一个事实：不是你眼睛大，其实是你睫毛短。我才在沉痛中醒悟。

"你写书的？"还没等我说完，她接着问，像是在对接头暗号。

"啊，是啊。"

"你QQ上写着呢，我一定要去买一本，然后你帮我签个名，我好跟家人炫耀一下，有个写书的收下了我的猫。"

"不敢不敢。"

"我还没见过作家呢，他们知道了，一定嫉妒死我了。"她自顾自说着，捧着一个瘦长的鞋盒子围着我转着圈打量。

"这里是猫吗？"我指着里面发出咩咩纤细猫叫声的鞋盒问。

"啊，差点忘了正事儿，"她突然放慢了速度，轻缓地把鞋盒掀开一道缝，缝隙里伸出来一只白色的小爪子。"嘘——它正睡觉呢。"

"可是我明明看见它把爪子伸出来了。"我如是说着，盒子里面一双可怜巴巴的眼睛盯着我，并且正挣扎着要出来。

"呀，你都看见了！"她故作惊讶地说："我只不过是想让你不要吓着它而已。"她在我面前，像是一台拖拉机，冒着黑烟突突突突地说个不停。

我嘿嘿乐着。

"你家养了多少只猫？"我笨手笨脚地边接过来鞋盒子边问。

"唉！盖子别掉了。"她惊叫着，帮我扶着鞋盒盖子，顿了顿："有6只大的，最近一只母的又下了5只小的，有点养不动了，就在网上征集认养者了。"

我把两个手指头伸进鞋盒里，一个湿乎乎的鼻子在我的手指间蹭来蹭去。她在一旁不厌其烦地介绍着，这是一只小公猫，出生才只有20来天，没有打过预防针，也没有吃过驱虫药，按理说20天的小猫是不可以被领养的，但她实在是招架不住了，所以只好忍痛割爱把它们送出去，由于是免费，所以引得不少人都提出了领养的意愿，她从中选了一些自认为靠谱的人，优先赠予。"如果你真是作家，不用工作，每天在家呆着，可以有更多时间陪着它,所以我愿意把它托付给你。不过,你要定期发小猫的照片给我看看哦,我现在还不能确定你到底是不是猫贩子。"她突然正容亢色地说着,怎么听,刚才那最后一句也不像是一句玩笑话。接着,她又叮嘱我多久以后驱虫,再过多久打针,尽管这些她已经在网上跟我说过一遍了。

那天以后,这位不知姓名的女孩再也没有与我联系过,这只猫也足够健康,没有吃过驱虫,也没有打过针。

我把鞋盒子装进手提包,转身进了地铁,才猛然想起安检的事情。

小猫已经挣脱了鞋盒子,歇斯底里地喊叫着,它在我的手提包里奋力地跳来跳去,恨不得要撕破一块布,逃脱出来。

它一定很不安,正如此时的我。

"大哥,小点声,求你了。"这是我第一次管它叫大哥,初来乍到,就已经让我很是为难了。我在安检口前徘徊踱步,来回的乘客似乎没有注意到我的忐忑,他们大多沉浸在那几寸的手机屏幕上。

我走到一个角落里,又把小家伙塞回鞋盒子装进包,决定不走机器安检通道,直接让工作人员检查。通常我这么做的话,只需要拉开手提包的拉锁,在他们眼前晃一下就可以通过了,如果速度够快,小猫应该不会被发现。然而今天的运气却不怎么好,当我打开背包之后,它好像故意和我作对,鞋盒盖子一下子被它拱开了,一双可以用巨大来形容的双眸占据了面庞的一半,蠢蠢地望着安检人员。

这个时候,你还卖萌!我想。

"先生,宠物不能上地铁的。"工作人员把我拦住。

"它才20多天,拉屎也不会拉很多的,而且我不让它出来,绝对不会影响到别人的。"我在试探工作人员阻拦我的坚决性。

"这个我说了不算,是规定。"他斩钉截铁。远处又有其他两名工作人员注意到这边的情况,正要走过来。

我知道在这件事上,我们的分歧用和平交谈的方式绝对无法解决。"你等会儿,我打个电话。"我从兜里掏出手机,佯装打电话,随便按了几个数字,其实根本没有接通,边对着话筒说话边往里面挪步,随时观察着工作人员的动向。他应该会认为我是与在地铁工作的朋友联系,要等我打完电话,重新讨论有关"规定"到底适不适用的事情。好在北京地铁人够多,随着拥挤的人流,我被挤到了刷卡入口处,并且和安检人员的距离越来越大。

跑!

我举着提包，空前灵活地穿过熙攘的人群，任凭后面的人怎么叫我，我都不再回头。作为一个上升处女的双子偏金牛分裂型犹豫不决症晚期患者，我第一次感觉到自己的态度是如此的坚决。

高速奔跑之中，我看到身边的面孔一个个模糊地倒退，没有人觉得周遭这一切有那么一点点异样，他们全都沉浸在自己的喜怒哀乐和手机里那不大且又千篇一律的朋友圈，来不及思考，也很难或者没有精力去观察身边正在发生的事情。哪怕我的提包里是一颗炸弹，也不会有太多人在意的，他们不知不觉地和犯罪分子共处一室，又持续不断与良民百姓擦肩而过，无数个永远无法相交的平行世界，谁在乎呢？也许这正是每当突如其来的灾难爆发时，百姓总是毫无对策，四散奔逃，伤亡惨重的原因之一，人们好像已经习惯于放弃自己决定自己命运的权力了。

小猫在地铁里撕心裂肺地哀鸣，我找了个相对人少的过道站着，临到家时背包里竟然没有了动静，我迫不及待地打开背包，它正安静地睡着，针孔大小的鼻孔平缓地呼吸，好像一切都没发生过一样。风小多了，雾霾和沙尘散去，和煦的阳光晒在它的身上。

"风沙与厮杀，我是不会让你看到的。"我竟然油然而生了一种，一厢情愿的满足感。

2. 它最好不知道这个世界的颜色

猫与狗不同，它不会跟我玩球，也不会听我的话。我给它换过无数个名字，它一次也没有应过，只是条件反射似的，对饭盆的敲击声比较敏感，因为它知道那里有吃的。

它活在它的世界里，完全不会按照人类的意愿行事，所以我给它起了"大哥"这个名字。

不知是不是所有的猫都这样，大哥很少去喝我专门给它准备的水，很少在我专门给它的草球上磨爪子，也几乎不吃鱼。

大哥一天中的大多时间只是一动不动地趴在给它布置好的垫子上，有需要的时候就出来叫我，如果我没满足它的意愿，它就不厌其烦的一直叫个不停，直到我帮到它为止。它平时看起来又懒又呆，偶尔也有警觉的时候，门口有人经过制造出声响或是客人敲门，它就直挺挺地探起头死死地盯着那个方向，可惜它不是放哨，也不管别人，有了紧急情况自己第一时间躲进沙发底下。

大哥来我家时，我刚辞去工作，搬入新家不久，紧接着我成立了"80公升"，开始了自己的创业生活。创业生活丰富多彩，也十分忙碌，摄影摄像修片剪片，再加上新书写稿和策划方案，少有闲暇。有时候我给猫扔一个纸团，它自己能玩很长时间。然而它也谈不上仁义，经常在不经意间给我来个突然袭击，抱着我的腿咬我一口，或是躲在门后面趁我经过时窜出来，打一下就跑掉。它好像故意让我追它，然后自己躲进里屋的床底下不出来，心满意足地欣赏着我心急火燎的样子。我也偶尔趁它睡着或是不注意，把快递来的大箱子扣在它身上，挣扎很久，它也逃不出来。偶然在一次用柔光棚拍产品的时候，我发现它喜欢在那里呆着。柔光棚的体积大概有1立方米，它进去之后便找不到出口，自己也不着急出来，在里面转着圈跑，后来我实在不耐烦，把它抱出来，身上的毛全部起了静电，竖立起来，它倒是意犹未尽，转身又跑过去寻找入口去了。

喂大哥吃饭是一个小小的烦恼，每当我拿出猫粮，慵懒的它总是突然精神抖擞起来，在我赶到之前第一时间窜到饭盆之前，霸占着饭盆。它太迫切，以至于忽略了，饭盆被它压在身下，我是无法把猫粮倒出来的。我越不倒，它就越着急，只好把它抱走，刚俯下身，它就又冲过来，继续占据着饭盆。

在那之后，为了节约时间，我都是趁它上厕所的时候添加猫粮，这样一来，效率大大提高。久而久之，我发现大哥养成了一个毛病，它不再相信自己的食物是人为添加的了，竟然开始认为这和它上厕所有某种莫测高深的必然联系。以至于它只要产生饥饿感，首先跑去饭盆前，如果饭盆里没东西，它就钻进厕所，装模作样的用爪子刨几下猫砂，然后再冲到饭盆前。我看它如此呆萌，不忍心告诉它这个世界的阴暗，于是依旧趁它假装上厕所的工夫增添猫粮。它不会对我心存感激，反而固执地认为这些食物是因为它去厕所才突然冒出来的，完全是它自己的功劳。

时光飞逝，渐渐的，大哥不再咬我的小腿，对柔光棚也失去了兴趣，门外有再大的动静，它也踏踏实实睡它自己的，与世无争。而我的纸箱子，再也扣不住它了。来过我家的朋友总说，你家到底吃什么啊，连猫都长成了和你一样的大个子。它踮脚站起来就可以摸到窗台，睡在小时候为它准备的垫子上，后腿总是耷拉在地上，就连上个厕所，大脑袋都只好委屈地露在外面。

适用于一般家猫的基础设施对它来说是小了一号，但我从大哥的眼神中依旧可以看出它对生活充满信心，尽管它不知道它的这些食物是从哪来的，它的猫砂是谁给清理的，我哪天又会用柔光棚拍摄什么新的玩意以及什么时候我又要出远门换成我母亲照顾它……反正但凡它想做什么，只要在主人面前不断喊叫，结果总能如愿。

我不会让它看到世界的颜色，当它不惮其烦喵喵叫时，它已经对某件事情充满了渴望，我会默默帮它实现这个渺小而又合理的心愿。因为我也总有望眼欲穿地想得到些什么的时候，我也总在心中默祷，我希望有一个巨大的力量帮我实现，而不是给我点颜色看看。

多年以后，假如我不再远行，我会和我的猫，也许还有将来的女朋友，在平凡的城市里，过着和多数人一样的生活。只是，你依旧随时可以找到我，有生之年我绝对不会变成一个慵懒的胖子。

3. 让它怕你，不如让它爱你

那位把大哥托付给我的女孩曾经对我说，它淘气的话不要打它，用水喷就好。

不知是反应迟钝还是怎么回事，它不怕水。

记得我第一次给它洗澡，自己已经是胶皮手套、围裙、毛巾，全副武装好，生怕它惊慌失措挥爪乱挠，又关上了卫生间的门，担心它从手中滑走，逃之夭夭。结果当水池里的温水放好之后，它倒主动跑过来了，窜到水池旁大口喝起水来。我小心谨慎将它放入水中之后，它甚至像泡温泉那般怡然自得打起了呼噜。

之后我试过很多治它的办法，比如给它好吃的，然后趁它刚开始大吃的时候，抢走它的饭盆，可它竟然一点也不着急，从容地坐在原地舔舐前爪，仿佛它早就料到我终还是会把饭盆放下来似的。再比如等它犯错的时候用塑料袋的声音吓唬它，希望它能长记性，它确实足够害怕这个声音，但它受到惊吓后会四处逃窜，不是撞翻东西就是跳到新换的床单上，这个方法也不可取。最后我想出一个方法，用橘子皮的味道刺激它，这种手段既温和，成功率又高，比如为了防止它跳上桌子，我就在桌子上放一盘橘子，它一定觉得人类都是讨厌的家伙，无奈的是我也没有办法，这么做只是为了能够一起愉快地玩耍下去。

不过大哥毕竟是猫,不是人,它不会按照我的意愿去做事,我也无法预料到接下来会发生什么事情。

终于有一天,我觉得一切严厉的惩罚都不够过分,我下手打了它。

那天我从外面回来,推门进屋后,迎接我的是满地碎纸。我心里咯噔了一下,捡起一片来看,那可是我刚签好字准备寄出的合同啊!而那只被我称作"大哥"的家伙,此时正在客厅里,欢快且贪婪地把玩着已经被它肢解的合作协议。我冲上去,从它嘴里把那一部分抢过来,上面写着"如遇不可抗拒的自然灾害,双方不承担违约责任"——这下好了,由于临近月底,耽误了签合同的进程,有可能推迟一个月执行项目,那就是要影响我一个月的收成。这对于当时的我来说,是一笔不小的损失。

我堵到它无处可躲,最终它只好在卫生间的角落里瑟瑟发抖。它缩着头,眼睛紧张地向上瞟,观察我的一举一动,只要我一走近,它就又低下头去,一动不动。我想它可能是怕我了,但又不知道自己犯了什么错。

胡乱发泄了一通,冷静了下来,事已至此,我开始反省自己。

大哥不是人。嗯,这句话不是骂它,是事实。它按照猫的行为准则做事,却时常受到人类的责备,这对它来说太不公平。是我考虑不周,才把合同放在桌子上的。那份装订好的白纸,对我而言才是重要的合同,对它而言,仅仅是几张白纸,用来磨爪子练牙齿,再合适不过。我这样每天给它买猫粮猫砂，为它洗澡铲屎的伺候它，都只不过是我一厢情愿，并不能作为让它听我话，按照人类的准则做事的砝码施加在它身上。

我觉得自己错了，愧疚地蹲下来，抚摸着它的身体，嘴里念叨着对它歉意。起初，它下意识地躲了一下我伸过去的手，几分钟之后，它明白了我的意思，站了起来，围着我的手边柔软地转，最后竟然趴下来，抱着我的手舔了起来，它没有生我的气，并且接受了我的道歉。

我长舒一口气，赶紧把它最爱吃的金枪鱼拿出来，倒进饭盆。它狼吞虎咽吃起来，大概已经把刚才的一切都抛在脑后，这金枪鱼对它来说，应该就像我吃一顿烤鸭一样过瘾吧！

翌日，我把所有的重要文件都收进了柜子。

当天回来之后，我最爱的一件衬衫平静地摊在地上，被大哥撕成了面条。

愿我陪你过冬

一直以来，冬天，在我看来是架起的火锅。我添几块烫红的木炭，与家人围坐在圆桌旁边，用筷子把羊肉片夹入冒泡的火锅，变色之后沾一沾调好的麻酱，松软香嫩放入口中。窗户上早已蒙着厚厚的一层哈气，大家你一言我一语，电视里放着毫不关心的节目，但音量必须调大，非得逼着大家用更嘹亮的嗓门说话，才显得更加热闹。在 27 岁以前，我只顾自己眼前的冬天，我很庆幸，在这座从小长到大的城市工作，家人就在身边。我很幸福，身边的朋友和家人没什么需要我操心的事情，小事儿用不着我，大事儿我也办不到。我很知足，自己的远行不是为了讨生活，而是单纯地为了见识不一样的世界。

近几年不同，我心中开始有了牵挂的人，就因为方才提及的两个字——远行。

印象中北京最近几年的冬雪，要么来得很晚，要么很早，我并不关注具体哪天立冬，雪一来，大抵就算是冬天了吧。十一月初，北京初雪降临，我一个人穿梭在南锣鼓巷的人群中间，原本是要去见一位许久未见的朋友，当雪花触碰到肌肤开始融化之时，我忽地感觉到冬天来了，雪花密密麻麻地散落在大衣上，让我想起了远在千里之外的一群人。

那是"80公升"成立以来的第一次活动，我与一群热爱旅行的朋友，以爱心的名义从北京出发，在旅行途中去寻找需要帮助的孩子们，把他们的信息记录下来，再转交给相关的公益组织。行至甘肃陇南，美丽的景色驱使我们走进了西和县的大山深处，在那里，我们发现了一个格外简陋的教学点，那里面有3间房，两间教室，把孩子们分为一年级和二年级两个班，另一间作为老师的办公室和卧室，房屋并不结实，大雨过后，屋内湿了一大片。这里没有通电，甚至没有厕所。走进一间教室，里面是20来个孩子，大的看上去已经八九岁，小一点的，恐怕连路都走不好。孩子们身上脏兮兮的，到处都是泥点子。当时已是山里的深秋，与城里的冬天并无两样，小孩的脸冻得通红。

这个简陋的地方，只有一位老师，当然，他也是校长。我与他初次见面时，他正够着拴在房檐上的铁管连续敲打着，发出的刺耳声就是孩子们的下课铃声。老师姓董，年龄与我相仿，我得知他已经在这里职教了两年时间。董老师说他第一次过来的时候，这里只有一位七旬老者心力憔悴地教导着孩子们，老人心地善良，希望村子里的孩子们学有所成，但他有些力不从心，看不清字，连拼音也没有学过。董老师不假思索地留了下来，希望用自己的知识，帮助这个村子。于是他放弃了进城打工的机会，留在这里，拿着村民凑出的每月500元钱工资，就这点钱，他还经常自掏腰包修缮这些简陋的教室。"没办法，得为孩子们的安全着想。"

我问他，最大的心愿是什么，他说希望给孩子们建一个厕所，再有就是，冬天是孩子们最难熬的季节，他们没有足够可以御寒的衣服，教室里也没有任何可以用于取暖的东西。他几度哽咽，湿润了眼眶。我永远也忘不掉这个汉子双眸里的泪光，此景实在震撼。我决心帮助他，但在当时，我也不确定自己究竟能帮到他多少。

回京以后，我们的故事被多家媒体报道，而"80公升"也与"麦田计划"一同，寻找着热心企业和好心人的帮助，通过线下募捐、线上义卖等活动，帮董老师和他的学生们筹集到了修建厕所的费用和御寒的大衣。半年后，我们又回了一次西和，去看望董老师那些孩子们，我舍不得他们的笑，那笑容带着温度，让我感到久违的温暖，那笑容里有一种力量，让我更加笃定前行的方向。

在那次旅途奇遇之后，"80公升"也走到了祖国的东西南北，遇见更多的感动。在雪花纷飞的冬日里，我会念起他们，他们都还好吧？

两年后，董老师为了自己的梦想，去了另一座城市打工，而那些孩子们，也有了新的老师。我很开心，因为这是一次爱心的接力，而那群受到过帮助的孩子们，将来大概也会把自己的爱，回馈给更多的人吧。

我与朋友相约在胡同中的一家火锅店，天上飘落的雪花渐小，火锅热气腾腾，老友相约自然没有冗长的开场白，他上来就夹肉往锅里涮。我顿了顿筷子问他："想不想听一个，关于厕所的故事？"

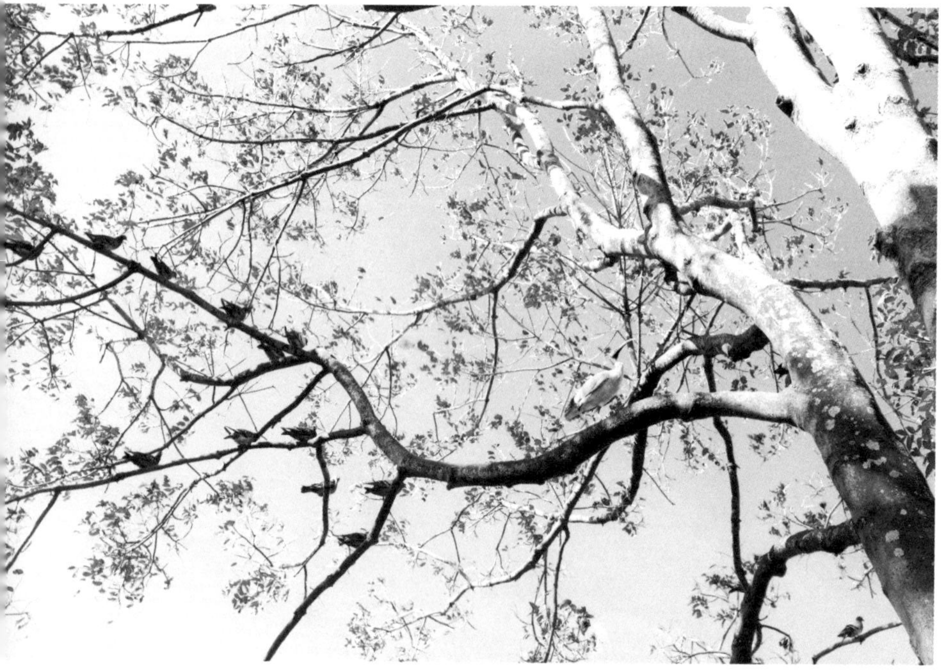

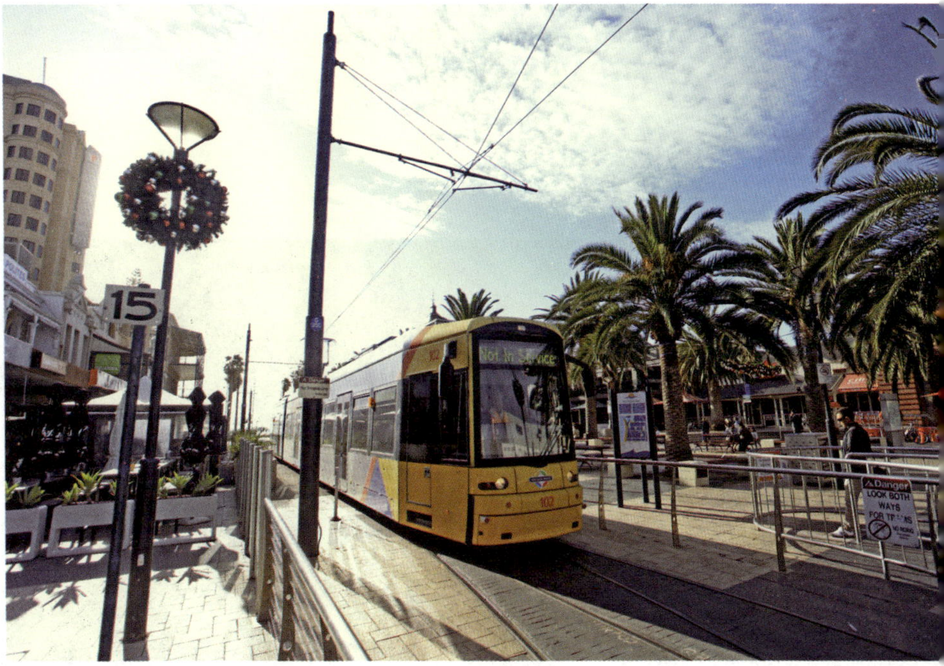
15
Danger
LOOK BOTH
WAYS

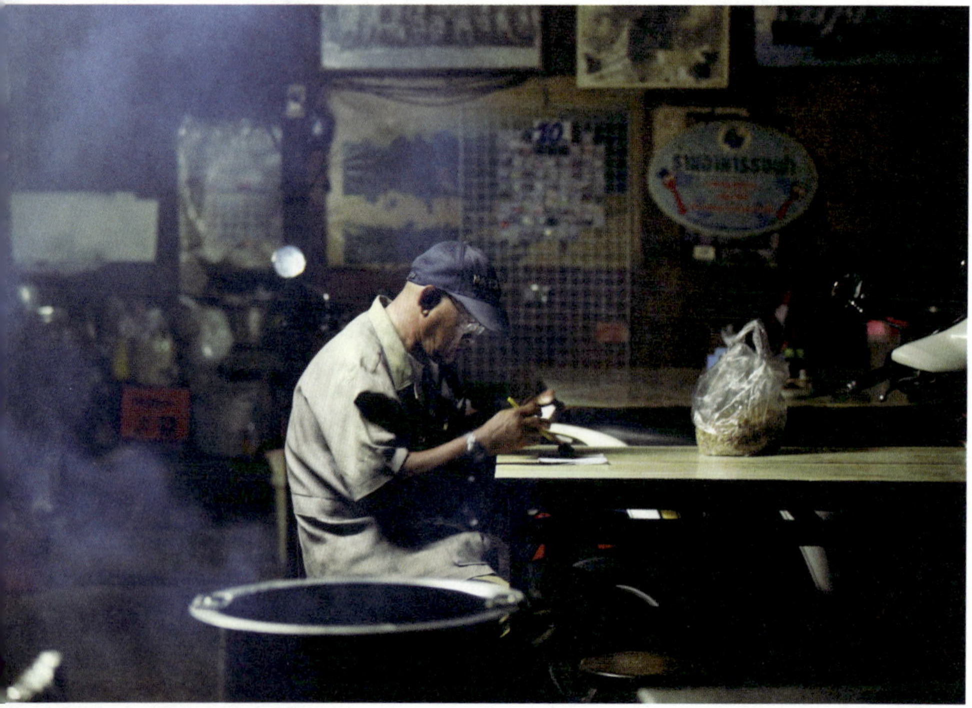

跋 三十而未立

一觉醒来，我收到许多生日祝福，恍然意识到，这个生日似乎有些特别，全因我已经 30 岁了。

人生天地之间；若白驹之过隙；忽然而已。曾经听某位演讲家说，20 岁到 30 岁是人生中最美丽的时光。既然如此，那我接下来的每一日，即将距离这美丽越来越远了吧。心有所疑，转念一想，20 岁到 30 岁又是人生中最浮躁的时间段，之所以有人如是说，大概是希望年轻人珍惜时光，莫虚度吧。差点中了圈套，我岂能被如此谎言所骗，若无悔地过好接下来的日子，怎能说不惑不美，知天命不美，花甲不美，古稀不美呢？再怎样说，时间不可逆，不管我乐不乐意，身体里的每一粒细胞，都推着我朝着终点迈进。只得把生命过得尽量美丽一些。

《论语·为政》中记载"三十而立"，这里的"立"指的是"立德、立言、立身"。后来不知什么时候开始演变为，人在 30 岁时应当确定自己的人生目标与发展方向。我只恨光阴有时，力量有限，许多目标尚未达成，"立"没"立"很难说清，但年有 30，则是真真切切的了。

在此前的 10 年，我做得最无悔的一件事，是旅行，并且找到了我所喜欢的旅行方式。说起来惭愧，之于我，高山湖海看过足矣，或壮阔，或孤傲，或大气，或凶险，都是由人来赋予它们灵魂，所以南北极，深山丛林，大漠草原，再美好，大抵都不适合我。我不拒绝，没有看过的，都愿意去看，赞美大自然的匠心雕琢，更可能触景生情，洒下喜悦或者哀伤。但这喜或悲，永远是与人相关的。所以，与客观存在的自然景观相比，我更愿意为主观的人物思想哭泣，为历史动情，为建筑赞叹，为典章和文化所牵动。更所谓"两岸青山相送迎，谁知离别情？"我更乐意去看"宝马雕车香满路。凤箫声动，玉壶光转，一夜鱼龙舞。"有烟花节日，有女人，有泪光，有体温，有呼吸和脉搏，生情怀。纵使哪日南下，见得"日出江花红胜火，春来江水绿如蓝。"画一样美，却难以独自产生情感，倘本就有触景生情的心事，见什么景，才触哪般情，情在先，景在后。

于是我行走在路上，看当地人活动，与当地人交流，即使在杳无人烟的山间，偶遇同行的驴友或当地人，我也愿意抓住这个机会，让两个未知的生命发生触碰，哪怕只是一个微笑，或是一句简短的问候。他的声音圆润还是苍老，怡然自得还是郁郁寡欢，每个人都有自己的经历和故事，与这份经历沟通及交换，便是财富。

行愈远，愈发现自我本身的渺小，这并非妄自菲薄或故作谦虚，而是言出于心，见得不同的人对于事物的不同判断和行为方式，为了达到目的而使用不同的智慧，这智慧，是积累所得，是创造所得。形形色色的人用自己的方式尽力生活，有时我会被这行为所感染，发觉这便是人最大的魅力。

在旅行中我发现，大凡阅历或知识越丰富的人，他们所追求的亦相对更加微小和质朴。譬如我在阿德莱德遇见的老人，他每日凌晨4点起床，为的是拥有积极乐观的一天；又如我在锡耶纳遇见的老皮匠，他用自己的行动，诠释着坚持的意义；再如我在格拉纳达去过的一家连固定电话都没有的咖啡馆，他们的哲学与道家之"无为而无不为"巧妙融合，在浮躁的今日，反倒像一针镇静剂，叫人叹服。依我看，宇宙本来是个圆，世间万物都要沿着各自的轨道生老病死，我们的追求大概也是圆，终归会回归本真，这个圆即圆满，事物的更迭与发展，好似车轮，沿着圆形的轨道渐行渐远。这轨道，即规律，善有善报恶结恶果。成吉思汗西征时，问丘处机何以长生不老，丘道长说世上本无长生秘诀，但却有养生之道，让其莫作恶杀生，忌欲望贪婪。这个道理，从古至今，无人能驳。由此看来，大抵快乐的人生，都是善良简单纯朴的。

生日把人分割成一个个里程碑式的节点，在这个节点上，不免左顾右盼。蓦然回首时，时光总在须臾间。当我来到人生第4段10年之时，我忽然觉得，生命不再是一个无休止的循环。身旁的前辈，活得精致的，在30到40岁甚至45岁之间，外貌上依旧没有什么变化，倘再往后，便难说了，总有那么5到10年，是人生衰老最快的一个阶段，不做美容的话，脸上的肉皮耷拉下来，晨勃也没有以往坚挺，意想不到的毛病抓阄似的接踵而至，易怒，估计自己看着自己都烦。我从今天到那个阶段，顶多

219

还剩下十几年光景，所以需要继续做点什么。

旅行和阅读，依旧是必不可少的；科学健身，规律的饮食及休息也是格外重要的；陪伴家人朋友，与他们分享喜乐忧愁。若有福分，在人生漫漫旅途中，我想尽最大的力量，解释自我的渺小。我们的时间、欲望、知识、烦恼、忧愁……万事皆渺小，而这注定是一个悖论，因为我也将陷入这一结论之中，即我最大的力量也是渺小的。

不过，我有一个坏消息和一个更坏的消息，以及一个好消息。

坏消息是，严格地说，我老而未立。

更坏的消息是，我将会更老。

好消息是，你们总会陪着我。

足矣。

2017 年 3 月

图书在版编目（CIP）数据

介不介意聊聊天 / 郭诚著 . — 北京 : 中国科学技术出版社 , 2017.4
ISBN 978-7-5046-7423-4

Ⅰ . ①介… Ⅱ . ①郭… Ⅲ . ①杂文－作品集－中国－当代 Ⅳ . ① I267.1

中国版本图书馆 CIP 数据核字 (2017) 第 037308 号

策划编辑	胡　怡
责任编辑	胡　怡
装帧设计	成思源
责任校对	杨京华
责任印制	马宇晨

出　　版	中国科学技术出版社
发　　行	中国科学技术出版社发行部
地　　址	北京市海淀区中关村南大街 16 号
邮　　编	100081
发行电话	010－62173865
传　　真	010－62173081
网　　址	http://www.cspbooks.com.cn

开　　本	880mm×1230mm 1/32
字　　数	177 千字
印　　张	7.5
版　　次	2017 年 4 月第 1 版
印　　次	2017 年 4 月第 1 次印刷
印　　刷	北京华联印刷有限公司

书　　号	ISBN 978-7-5046-7423-4/I · 27
定　　价	39.00 元

（凡购买本社图书，如有缺页、倒页、脱页者，本社发行部负责调换）